Chester Himes

Harlem dreht durch

CHESTER HIMES

HARLEM DREHT DURCH

Herausgegeben von der Süddeutsche Zeitung Edition

Ausgewählt von Peter Graf

Aus dem Amerikanischen von Wilm W. Elwenspoek

1

Es war halb zwölf Uhr nachts an Mariä Lichtmeß in Harlem. Es war bitter kalt, und die Harlemer Erdschweine, wie die heißblütigen Bürger Harlems während der kalten Wintermonate genannt werden, hockten behaglich in ihren Höhlen.

Alle, außer einem.

In einer dunklen Querstraße der Convent Avenue, an der das Kloster liegt, nach dem die Avenue ihren Namen hat, montierte im Schatten der Klostermauer ein Mann ein Rad von einem Wagen ab.

Auf der abfallenden Straße hatte er das rechte Hinterrad aufgebockt, und der Wagen stand gefährlich schräg. Aber der Mann war unbesorgt. Er arbeitete schnell und ohne Licht. Aus bestimmten Blickwinkeln wirkte das Weiß seiner Augen wie irisierende, vom Wind bewegte Halbmonde.

Er lehnte das Rad gegen den Wagen, ließ die Achse auf das Pflaster herab, blickte sich kurz um und begann das linke Rad aufzubocken.

Er hatte das Rad hochgestützt und die Radkappe gelöst und setzte gerade den Schlüssel an, als die Scheinwerfer eines Wagens, der von der Convent Avenue her in die Straße einbog, ihn veranlaßten, in den Schatten zurückzuspringen.

Der Wagen kam näher und fuhr vorbei, nicht schnell, nicht langsam.

Dem Mann quollen die Augen aus dem Kopf. Er wußte, daß er nüchtern war. Er hatte keinen Schluck Whisky getrunken, und er hatte kein Kraut geraucht. Aber er traute seinen Augen nicht.

Er sah einen Cadillac an sich vorbeifahren, wie er noch keinen gesehen hatte. Und sein Arbeitsgebiet waren Autos.

Dieser Cadillac sah aus, als wäre er aus massivem Gold, abgesehen von dem Verdeck, das aus einem hellen, glänzenden Gewebe bestand. Von seinem Instrumentenbrett strahlte ein gespenstiges blaues Licht aus, gerade hell genug, die drei Personen zu beleuchten, die auf den Vordersitzen saßen.

Der Mann am Lenkrad trug eine Waschbärmütze mit langem buschigem Schwanz. Neben ihm saß die Schönheitskönigin Afrikas, mit Augen wie erfrorene Pflaumen und einem Lächeln, das blaugefärbte Zähne in einem schwarzgestrichenen Totenschädel entblößte.

Der Herzschlag des Mannes setzte einmal aus. Dieses Gesicht war ihm erschreckend gut bekannt. Aber es war doch unmöglich, daß seine treue Sassafras um diese Zeit in der Nacht mit zwei fremden Männern in einem nagelneuen Cadillac herumfuhr! Darum richtete er seinen Blick schnell auf die dritte Person, die einen schwarzen Homburg und einen weißen Seidenschal trug und das kleine, mit einem Bärtchen gezierte Gesicht eines Amateurzauberkünstlers hatte.

In dem gedämpften bläulichen Licht wirkten die drei völlig unwirklich, wie etwas, was es gar nicht geben konnte, nicht einmal in der Nacht der Erdschweine in Harlem.

Er sah nach dem Nummernschild des großen goldenen Wagens, um sich Mut zu machen. Die Nummer gehörte einem Autohändler. Vorübergehend fühlte er sich wieder sicher. Das Ganze mußte ein Werbegag sein.

Plötzlich tauchte aus dem Nichts eine Frau auf, eine alte, in solides Schwarz gekleidete Dame, deren silberweißes Haar im Licht der Scheinwerfer kurz aufschimmerte, ehe sie von dem goldenen Cadillac erfaßt und niedergeworfen wurde.

Er spürte ein Kribbeln auf seiner Kopfhaut; das krause Haar unter der pelzgefütterten Mütze sträubte sich ihm. Unwillkürlich fragte er sich, ob er träumte.

Aber der Cadillac beschleunigte das Tempo. Das war kein Traum. Genau das mußte der Fahrer tun. So würde er es auch machen, wenn er in einer dunklen verlassenen Straße eine alte Frau überfahren hätte.

Eigentlich hatte er nicht eindeutig gesehen, daß der Cadillac die alte Frau wirklich überfahren hatte. Aber da lag sie auf der Straße, und da fuhr der Wagen. Folglich mußte er sie überfahren haben. Das war doch nur logisch.

Auf jeden Fall zuckte er nicht mit der Wimper. Jetzt fragte er sich nur, sollte er das zweite Rad noch abmontieren oder mit dem einen, das er bereits hatte, verschwinden? Sein Auftrag lautete auf zwei. Er brauchte das Geld. Das kleine Luder, auf das er so scharf war, hatte ihm erklärt, ihre Handfläche müßte geschmiert werden. Handfläche hatte sie zwar nicht gesagt, aber gemeint hatte sie ganz eindeutig Geld – das einzige Schmiermittel für Liebe.

Er bückte sich, um sich an die Arbeit zu machen, als er wieder erstarrte. Die alte Dame hatte sich bewegt. Zunächst hatte er es nur aus dem Augenwinkel bemerkt, aber er riß sofort den Kopf herum.

Langsam stand sie auf. Mit beiden Händen und einem Knie auf dem Pflaster, erhob sie sich. Er konnte sie vor sich hin lachen hören. Er spürte, wie ihm eine Gänsehaut weit über den Rücken hinabkroch.

Er beobachtete die alte Frau. Sein Verstand versuchte das Bild zu verarbeiten, das seine Augen wahrnahmen, als ein zweiter Wagen um die Ecke bog. Er bemerkte ihn erst, als er an ihm vorbeikam.

Es war eine große schwarze Limousine, die mit abgeblendetem Licht fuhr. So dicht raste sie an ihm vorbei, daß es sich anhörte, als hätte ihm jemand plötzlich ins Ohr geblasen.

Die alte Dame hatte inzwischen beide Füße aufs Pflaster gesetzt, kauerte vornübergebeugt wie ein Bär auf allen vieren und wollte sich gerade aufrichten, als die große schwarze Limousine sie ins Kreuz rammte.

Er begriff nicht, wieso er das alles sehen konnte. Die Straße war pechschwarz, die alte Dame schwarz gekleidet, der Wagen schwarz. Aber er sah es. Entweder mit seinen Augen oder mit seinem

Verstand. Er sah die alte Dame durch die Luft segeln, Arme und Beine weit gespreizt, das schwarze Gewand im Luftzug ausgebreitet wie die Schwingen eines Vampirs. Sie flog schräg nach links, der schwarze Wagen raste geradeaus weiter. Das schneeweiße Haar der alten Dame flatterte für sich nach rechts auf, wie eine Taube, die vor ihrem Schlag zum Landen ansetzt.

Darüber hinaus waren auf den Vordersitzen der Limousine die dunklen Silhouetten von drei uniformierten Polizisten zu erkennen.

Nun war diesem Burschen der Anblick von Gewalt in vielerlei Erscheinungsformen vertraut. Aber was er jetzt sah, rüttelte seinen Verstand durcheinander. Sein Kopf rannte in allen vier Himmelsrichtungen davon, während seine Füße an den Boden gebannt waren. Er drehte ein paarmal den Kopf, als ob er nach etwas suchte. Wonach, wußte er nicht.

Dann sah er das Rad, das an dem aufgebockten Wagen lehnte. Es war ein Rad mit einem Weißwandreifen. Er packte es und rannte auf die Convent Avenue zu. Aber das Rad war schwer. Er setzte es ab und rollte es vor sich her wie ein Kind einen Reifen.

Von dieser Stelle führt die Convent Avenue steil bergab zur 125th Street, und von da ließ er das Rad die Steigung hinunterlaufen. Das Rad hüpfte über den Rinnstein und beschleunigte sein Tempo. Er hielt mit ihm Schritt, bis er an die nächste Kreuzung kam. Das Rad sprang vor ihm vom Bürgersteig und rollte über die Fahrbahn. Der Mann kam ins Stolpern, und das Rad gewann einen Vorsprung. Als das Rad auf der anderen Straßenseite gegen den Bordstein stieß, hüpfte es hoch in die Luft, und sobald es wieder den Boden berührte, raste es mit der Beschleunigung eines starken Sportwagens davon.

Der Mann spähte die abfallende Straße hinunter und erkannte unter einer Laterne zwei Polizisten. Er bremste scharf, beschrieb dann einen engen Bogen und lief in die Querstraße, die er eben überquert hatte. Danach verschwand er in der Nacht.

Das Rad rollte weiter, schlug den beiden Polizisten die Beine unterm Körper fort, warf eine Frau mit einer Tragetüte voller Lebensmittel um, wurde dabei auf die Fahrbahn hinaus abgelenkt, rollte durch den Verkehr auf der 125th Street, ohne mit einem Auto zu kollidieren, hüpfte über den Gehsteig und schlug polternd durch die zu ebener Erde gelegene Tür eines Wohnhauses.

Ein kräftiger, untersetzter Mann in mittleren Jahren tauchte gerade aus der hinteren Wohnung auf, als das Rad gegen die Rückwand des Hausflurs krachte. Er warf einen Blick darauf und schaltete sofort. Schnell sah er sich um, und da er niemanden bemerkte, packte er das Rad, schoß damit in seine Wohnung zurück und warf die Tür hinter sich zu. Es passierte nicht jeden Tag, daß Manna vom Himmel fiel.

2

Roman Hill steuerte den Cadillac. Seine breiten, muskulösen Schultern, die er beim Pflügen mit einem Doppelgespann Maultiere auf den Baumwollfeldern von Alabama entwickelt hatte, waren unter der speckigen Lederjacke so vorgebeugt, als ob er die vier Apokalyptischen Reiter aus der Offenbarung Johannis lenkte.

»Paß auf!« schrie Sassafras. Sie schrie so laut, daß es einen Toten geweckt hätte.

»Wasn los?« Er stieß die Luft aus und umklammerte das Lenkrad mit seinen Händen so fest, als wollte er es zerbrechen.

Die alte Frau bemerkte er nicht. Der Schrei hatte ihn erschrocken auffahren lassen. Die alte Dame entdeckte er erst, als das Licht des linken Scheinwerfers sie so unvermittelt erfaßte, als wäre sie aus dem Boden aufgetaucht. Seine schielenden grauen Augen versuchten, ihm in entgegengesetzter Richtung aus dem Kopf zu quellen.

»Achtung!« schrie er, während er auf die Bremse trat.

Seine beiden Fahrgäste wurden gegen das Instrumentenbrett vorgeschleudert, und er selbst stieß mit der Brust hart gegen das Lenkrad.

Die alte Dame verschwand.

»Mein Gott, wo is sie?« fragte er in panischem Schrecken.

»Du hassi überfahrn!« schrie Sassafras.

»Geben Sie Gas!« fauchte Mister Baron ihn an.

»Was soll ich?« Romans schlaffes braungelbes Gesicht war vor Schreck völlig leer.

»Weiterfahren, verdammt noch mal«, drängte Mister Baron. »Sie haben sie umgebracht. Wollen Sie hier warten, bis man Sie erwischt?«

»Achu lieber Himmel«, murmelte Roman benommen und gab Gas.

Der Cadillac schoß los wie eine gezündete Rakete.

»Halt!« schrie Sassafras wieder. »Du has ihr gar nichts getan.«

Der Cadillac verringerte das Tempo. »Hören Sie nicht auf dieses Weib, Sie Dummkopf«, schnauzte Mister Baron wieder. »Wollen Sie vielleicht zwanzig Jahre absitzen?«

»Wieso denn?« widersprach Sassafras mit hoher, durchdringender Stimme. Sie hatte ein langes ovales Gesicht mit unterentwickelten Zügen und einer kohlschwarzen Haut. Ihre geschlitzten Augen glitzerten wie Glas. »Die is ihn doch direk vorn Wagn gelaufn. Das kannsch beschwörn.«

»Reden Sie keinen Quatsch«, zischte Mister Baron sie an. »Er hat keinen Führerschein, er ist nicht versichert, der Wagen ist nicht mal angemeldet. Die sperren ihn ein, nur weil er damit gefahren ist. Und weil er die alte Frau totgefahren hat, werden sie ihn nach Sing-Sing bringen und den Schlüssel zu seiner Zelle wegschmeißen.«

»Verfluche Schweinrei«, stieß Roman heiser aus, als sich sein Schreck endlich so weit gelegt hatte, daß er begriff. »Muß mir das passiern? Ich hab mein Wagn noch kein halbe Stunde und hab schon ein alte Frau totgefahrn.« Seine Stimme klang, als ob er anfangen wollte zu weinen. Aber den Cadillac fuhr er wieder entschlossen weiter.

»Fahrn wir lieber zurück und sehn nach«, bettelte Sassafras. »Ich hab kein Stoß gespürt.«

»In diesem Wagen spürt man keinen Stoß«, erklärte Mister Baron. »In dem kann man über Eisenbahnschienen fahren und spürt nichts.«

»Er hat recht, Schätzchen«, stimmte Roman ihm zu. »Das beste is jetzt, schnell verschwinden.«

Der unbeleuchtete große schwarze Buick schnitt dem Cadillac den Weg ab, und ein Polizist schrie durch das geöffnete Fenster: »Anhalten!«

Roman überlegte, ob er versuchen sollte, um den Buick herumzufahren und zu fliehen, aber Mister Baron befahl ihm scharf: »Stopp! Mach keine Beule in den Kotflügel!«

Sassafras warf ihm einen verächtlichen Blick zu.

Alle drei Polizisten sprangen mit gezogenen Waffen aus dem Buick und umringten den Cadillac. Einer von ihnen war ein Weißer.

»Mit erhobenen Händen aussteigen«, befahl einer der farbigen Polizisten mit scharfer, hastiger Stimme.

»Aber schnell«, ergänzte der weiße Polizist.

»Was soll das denn?« fragte Mister Baron in hochmütigem Ton und spielte den Empörten.

»Totschlag«, erwiderte der farbige Polizist barsch.

»Fahrerflucht«, ergänzte der weiße Polizist.

»Wir habn kein angefahrn«, protestierte Sassafras mit ihrer schrillen, an den Nerven zerrenden Stimme.

»Erzählen Sie das dem Richter«, erwiderte der farbige Polizist grob.

Der weiße Polizist öffnete die rechte Tür des Cadillac und zerrte Mister Baron von seinem Sitz. Er behandelte ihn grob und packte ihn an den Aufschlägen seines Mantels. Roman war bereits ausgestiegen und stand neben dem Wagen. Er hielt seine Hände in Schulterhöhe. Der weiße Polizist stieß Mister Baron zur Seite, damit Sassafras aussteigen konnte.

»Jetzt hören Sie mir mal einen Augenblick zu«, sagte Mister Baron mit leiser, überredender Stimme. »Es ist nichts passiert, was wir nicht unter uns regeln können. Die Frau ist nicht schwer verletzt. Ich habe im Rückspiegel gesehen, daß sie wieder aufgestanden ist.«

Mister Baron war klein und feminin und hatte für einen Mann ungewöhnlich ausdrucksvolle Augen. Sie hatten eine eigenartige hellbraune Farbe und waren von langen schwarzen gebogenen Wimpern eingerahmt. Sie paßten aber zu seinem mädchenhaften, herzförmigen Gesicht. Das einzig Männliche an ihm waren ein kleiner buschiger Schnurrbart und der Spitzbart, der aussah, als wäre er ihm mit Kleister ans Kinn geklebt. Er machte von seinen Augen nach bestem Können Gebrauch.

»Wenn Sie einsichtig sein wollen, braucht diese Geschichte gar nicht erst vor Gericht zu kommen. Und«, fügte er hinzu, wobei er seine Wimpern spielen ließ, »Sie können dabei auf mehr als nur eine Weise profitieren. Wenn Sie verstehen, was ich meine.«

Die drei Polizisten tauschten Blicke.

Sassafras schüttelte sich und sah Mister Baron mit unsagbarer Verachtung an. Sie war ein schmalgebautes, puppenhaftes Mädchen, hatte ein Hinterteil wie eine Ente und trug einen grauen Mantel aus Fellimitat und dazu eine rote Strickmütze, die von einem der sieben Zwerge stammen konnte.

»Da mach ich nicht mit«, erklärte sie.

»Was sind Sie denn schon so Besonderes, Kindchen«, antwortete Mister Baron spitz.

»Wieviel?« fragte der weiße Polizist.

Mister Baron zögerte und sah den Polizisten abschätzend an. »Fünfhundert«, bot er vorsichtig.

»Und was is mit der alten Frau, wenn sie nich tot is?« mischte Sassafras sich ein. »Was wolln Sie der geben?«

»Die soll sehen, wo sie bleibt«, erwiderte Mister Baron brutal.

»Bring die beiden erst mal in den Wagen«, befahl der weiße Polizist.

Der eine der farbigen Polizisten faßte Sassafras am Arm und führte sie zu dem Buick. Roman folgte gefügig, wobei er seine Hände immer noch in Schulterhöhe hielt. Er sah aus wie einer, der sein Vermögen auf eine sichere Sache gesetzt und verloren hatte.

Der Polizist hatte sich bisher nicht die Mühe gemacht, ihn zu durchsuchen. Das tat er auch jetzt nicht. »Hinten einsteigen«, befahl er.

Roman fing an zu betteln. »Wenn Ihr mir nur noch mal ne Chance laßt ...«

Der Polizist schnitt ihm das Wort ab. »Ich bin doch nicht deine Mammy.«

Roman stieg ein und saß verzweifelt da, mit hängenden Schultern und gesenktem Kopf, das Kinn auf der Brust. Sassafras kam von der anderen Seite. Sie warf ihm einen Blick zu und brach in Tränen aus.

Die Polizisten ignorierten die beiden und wandten sich Mister Baron zu, der im Licht des Cadillac vor dem weißen Polizisten stand.

»Scheinwerfer aus«, befahl der weiße Polizist.

Einer der farbigen Polizisten ging zu dem Wagen und schaltete das Licht aus.

Der weiße Polizist sah prüfend die Straße hinauf und hinunter.

Außer Mister Baron und den Polizisten war kein Mensch in Sicht; nichts regte sich, außer dem feinen Pulverschnee im eiskalten Wind.

»Sind fünfhundert alles, was Sie haben?« fragte der weiße Polizist Mister Baron. Mister Baron leckte sich über die Lippen, und der Ton seiner Stimme wurde vertraulich und selbstsicher. »Wir zwei werden uns schon einig«, flüsterte er.

»Kommen Sie näher«, sagte der weiße Polizist.

Mister Baron trat so dicht an den weißen Polizisten heran, als wolle er sich ihm in die Arme legen.

Der weiße Polizist drehte ihn mit einer Bewegung herum und drückte ihm mit einem Halbnelson die Luftröhre zu, während er ihm den rechten Arm auf den Rücken zog. Mister Baron schlug wirkungslos mit der linken Hand nach ihm.

Einer der Farbigen sprang hinzu und zog einen lederbezogenen Totschläger. Der andere Polizist nahm Mister Baron den Homburg vom Kopf, und der erste Polizist schlug Mister Baron hinters Ohr. Mister Baron stieß einen leisen tiefen Seufzer aus und wurde schlaff.

Mit schnellen, geübten Griffen durchsuchte der weiße Polizist Mister Barons Taschen. Er fand zwei parfümierte Taschentücher aus weißer Seide, eine Schlüsseltasche mit verschiedenen Schlüsseln, einen Verlobungsring mit einem Brillanten, der fest über einem Lippenstift aus Kunststoff stak, einen Elfenbeinkamm, in dem Strähnen von Mister Barons langem, gewelltem Haar hingen, einen bananenförmigen Gegenstand aus schwarzem Gummi, an dem ein Gummiband befestigt war, und einen Packen Hundertdollarnoten, der in fettiges braunes Packpapier gehüllt war.

Er grunzte. Die farbigen Polizisten beobachteten ihn mit stummer Konzentration. Er schob den Packen Geld in die Seitentasche seines Mantels und stopfte das übrige in Barons Taschen zurück.

»Lassen wir ihn hier?« fragte der eine farbige Polizist.

»Nein. Wir schaffen ihn in den Wagen«, antwortete der Weiße.

»Wir sollten uns beeilen«, drängte der andere Farbige.

»Jetzt haben wir keinen Grund zur Eile«, erwiderte der Weiße. »Wir haben es geschafft.«

Wortlos hoben die beiden Farbigen Mister Baron auf und trugen ihn zu dem Buick, während der Weiße die Hintertür aufhielt.

Weder Roman noch Sassafras hatten etwas bemerkt.

»Was is mit ihm passiert?« Sassafras unterbrach ihr Weinen lange genug, um zu fragen. »Er ist ohnmächtig geworden«, antwortete der weiße Polizist. »Machen Sie Platz.«

Sie rückte zur Mitte, und die beiden farbigen Polizisten setzten Mister Baron in die Ecke.

»Jetzt hör mal gut zu, Boy«, wandte sich der weiße Polizist an Roman.

Roman drehte sich nach ihm um.

»Ich beschlagnahme deinen Wagen. Meine Kollegen bleiben hier, bis der Krankenwagen kommt, und bringen dich dann zum Revier. Und ich will mit euch nicht noch mehr Schwierigkeiten haben, verstanden?«

»Jawohl, Sir«, antwortete Roman dumpf, als ob das Ende der Welt gekommen wäre.

»Na gut«, sagte der weiße Polizist, »und laßt euch das eine Lehre sein. Man kann das Recht nicht kaufen.«

Ohne Eile ging er zu dem Cadillac zurück. Einer der farbigen Polizisten saß bereits am Steuer, der andere neben ihm. Der Weiße stieg auf der anderen Seite ein. Der Farbige am Steuer ließ den Motor an und fuhr ab, ohne die Scheinwerfer einzuschalten. Langsam kroch der große goldene Cadillac um den Buick herum und war bereits halb an ihm vorbei, ehe Sassafras es bemerkte.

»Roman, sie ham dein Wagn genommen«, schrie sie auf.

Roman war zu verstört, um aufzusehen. »Er hat ihn beschlagnahmt«, murmelte er.

»Es ist aber nich nur der eine. Die sitzen alle drei drin«, erwiderte sie.

Überrascht hob Roman seine schielenden Augen. »Warum machen die denn das?« fragte er mit dummem Gesicht.

»Wettn, daß die dir den Wagn stehln?«

Roman fuhr auf, als ob eine Zeitbombe unter ihm explodiert wäre. »Mein Wagn stehln?« schrie er, und seine harten, trossenartigen Muskeln erwachten zu wildem Leben. Er hatte die Tür aufgestoßen und war auf die Straße gesprungen, noch ehe Sassafras protestieren konnte. Sie riß den Mund auf und stieß einen Schrei aus, der zur Folge hatte, daß die ganze Straße entlang Fenster aufgerissen wurden.

Roman war der einzige, der ihn nicht hörte. Sein großer, muskelstrotzender Körper rollte im Laufen, als ob das abfallende schwarze Pflaster das Verdeck eines Schiffes bei Sturm auf hoher See wäre. Er zerrte dabei an etwas unter seiner Lederjacke, das innen in seiner Hose steckte. Schließlich brachte er einen großen rostigen Revolver Kaliber .45 heraus, aber ehe er schießen konnte, war der Cadillac um die Ecke gebogen und verschwunden.

Ein Bursche auf einem Motorrad mit Beiwagen fuhr gerade vom Straßenrand ab, als der große Cadillac plötzlich auf ihn zukam und der Fahrer sein Licht einschaltete. Der Motorradfahrer wich mit einer schnellen Wendung auf den Bürgersteig aus. Aus dem Augenwinkel sah er einen goldenen Cadillac mit atemberaubendem Tempo vorbeirasen. Die Silhouette von drei Polizisten auf den Vordersitzen zuckte in seinem Blickfeld kurz auf.

Den Cadillac hatte er erst vor kurzer Zeit gesehen. Bei dieser Gelegenheit hatten zwei Zivilisten und eine Frau darin gesessen. Einen solchen Cadillac konnte es in Harlem nur einmal geben, davon war er überzeugt. Falls es einen solchen Cadillac überhaupt gab. Falls er nicht einfach übergeschnappt war.

Der Bursche trug einen dunkelbraunen Overall, eine wollgefütterte Militärjacke und eine pelzgefütterte, dunkelkarierte Jägermütze. In dieser bitterkalten Nacht hielt es nur ein Bursche draußen aus, der so wie er aussah.

»Nein, das kann nich wahr sein«, sagte der Bursche zu sich selbst. »Entweder bin ich nich mehr ich, oder was ich gesehn hab, gibt es nich.«

Während er versuchte dahinterzukommen, welche dieser beiden Möglichkeiten zutreffen mochte, fegte mit kreischenden Reifen eine große schwarze Limousine um die Ecke und zerriß mit ihren blendenden Scheinwerfern die pechschwarze Nacht.

Es war eine Buick-Limousine, und sie kam ihm bekannt vor. Aber bei weitem nicht so bekannt wie die Frau, die er vor kurzem in dem goldenen Cadillac gesehen hatte. Und jetzt lenkte der Kerl mit der Waschbärmütze, der vorhin den Cadillac gelenkt hatte, den Buick.

Das alles war so verrückt, daß es ihm wieder Mut machte. Er beugte sich über den Lenker seines Motorrads und fing an zu lachen, als ob er übergeschnappt wäre. »Hahaha.« Er lachte und begann laut mit sich selbst zu sprechen. »Was das auch fürn Traum is, eins is ganz sicher – das is alles gar nich wahr.«

3

Das Telefon im Revier kam nicht zur Ruhe. Der Sergeant gab die Meldungen an den diensthabenden Leutnant Anderson mit gelangweilter, monotoner Stimme weiter. »Da meldet sich eine Frau von gegenüber dem Convent und behauptet, auf der Straße würde gemordet und vergewaltigt ...«

Leutnant Anderson gähnte. »Jedesmal, wenn ein Mann seine Frau verprügelt, ruft irgendein übereifriges Weib an und behauptet, sie würde ermordet und vergewaltigt – die Frau, meine ich. Und weiß Gott, ein paar von denen hätten es wirklich nötig – die Übereifrigen, meine ich.«

»... eine andere Frau aus der gleichen Gegend behauptet, daß jemand einen Hund quält ...«

»Sagen Sie ihr, daß wir gleich eine Streife schicken«, befahl Anderson. »Sagen Sie ihr, Hunde wären unsere besten Freunde.«

»Sie hat eingehängt. Aber hier ist noch eine Meldung. Sie behauptet, daß die Nonnen eine Orgie feiern.«

»Da muß doch was los sein«, räumte Anderson ein. »Schicken Sie Joe Abrams und seinen Partner hin. Sie sollen da mal nachsehen.«

Der Sergeant schaltete das Funkgerät ein. »Joe Abrams, kommen, kommen.«

Joe Abrams meldete sich.

»Fahren Sie mal südlich am Convent vorbei, und sehen Sie nach, was da los ist.«

»Verstanden«, antwortete Joe Abrams.

»Patrolman Stick ruft von einer Meldebox in der 125th Street«, berichtete der Sergeant Anderson. »Er behauptet, er und sein Partner,

Sam Price, wären von einer fliegenden Untertasse angegriffen und niedergeschlagen worden, die jemand in der Gegend losgelassen hat.«

»Geben Sie ihnen Befehl, sich vor Beendigung ihres Dienstes hier zu einem Alkoholtest zu melden«, erwiderte Anderson streng.

Lachend gab der Sergeant den Befehl weiter. Dann nahm er einen weiteren Anruf entgegen, und sein Gesicht wurde grimmig. »Ein Mann, der seinen Namen als Benjamin Zazuly angibt, ruft aus der *Paris Bar* in der 125th Street an und meldet einen Doppelmord. Er sagt, auf der Straße vor der Bar liegen zwei Tote. Der eine ist ein Weißer. Ein dritter Mann ist bewußtlos. Er glaubt, es ist Casper Holmes ...«

Andersons Fäuste schlugen krachend auf den Schreibtisch, und sein hartes, hageres Gesicht bekam einen erbitterten Ausdruck. »Verflucht noch mal. Ausgerechnet mir muß das passieren«, stöhnte er, aber schon im nächsten Augenblick bedauerte er, daß er die Worte ausgesprochen hatte.

»Beordern Sie die beiden anderen Wagen dorthin«, befahl er in ruhigem Ton. Die Adern an seinen Schläfen pulsierten, und seine blaßblauen Augen hatten einen abwesenden Ausdruck. Er wartete, bis der Sergeant Kontakt mit den beiden Streifenwagen aufgenommen und sie zum Tatort dirigiert hatte. Dann sagte er: »Schaffen Sie mir Jones und Johnson her.«

Während der Sergeant Jones und Johnson über Funk aufforderte, sich zu melden, sagte Anderson beunruhigt: »Hoffentlich ist Holmes nichts passiert.«

Der Sergeant konnte Jones und Johnson nicht erreichen.

Anderson stand auf. »Versuchen Sie es weiter«, befahl er. »Ich fahre selbst hin und sehe mich dort mal um.«

4

Der Sergeant konnte Grave Digger Jones und Coffin Ed Johnson nicht erreichen, weil die beiden im Hinterzimmer von Mammy Louises *Pork Store* saßen und heiße Hühnerfüßchen, ein Gericht aus gekochten Hühnerbeinen, Reis, Okra und roten Chilischoten, aßen. In einer kalten Nacht wie dieser hielt das Gericht im Magen ein warmes Feuer in Gang, und die zarten weißen Knorpel der Hühnerfüße gaben dem Bauch eine solide Füllung.

Die kleine, ramponierte schwarze Limousine parkte am Straßenrand vor Mammy Louises *Pork Shop* – »durchgehend geöffnet«, wie ein Schild versprach –, und der Sprechfunk quakte immer noch, als sie auf die Straße kamen. Grave Digger glitt hinter das Steuer, Coffin Ed stieg auf der anderen Seite ein. Der Laden lag zwischen der Seventh und der Eighth Avenue in der 124th Street, und der Wagen stand in Richtung zur Seventh Avenue.

In Luftlinie lag die *Paris Bar* nördlich von ihnen an der 125th Street, etwa in der Mitte zwischen der Apollo Bar und dem Palm Cafe und gegenüber von Blumsteins Kaufhaus. Zu Fuß waren es bis dorthin zehn Minuten, wenn man auf dem Kirchgang war, und etwa zweieinhalb Minuten, wenn man von seiner Frau mit dem Rasiermesser verfolgt wurde.

Zwei Streifenwagen und Leutnant Andersons schwarze Limousine parkten vor der *Paris Bar* und beanspruchten allen freien Platz. Von den Polizisten abgesehen, die in Gruppen herumstanden, war die Straße menschenleer.

»Einer ist ein Weißer«, sagte Grave Digger.

»Was sonst?« erwiderte Coffin Ed.

Damit meinte er, was denn sonst ihre schwarzen Mitbürger von dem Zirkus hätte femhalten können, den ein Mord bot.

»Achtung«, warnte Grave Digger, als er scharf abbog und auf den Gehsteig hinauffuhr, um sich zwischen den vordersten Polizeiwagen und einen Feuerhydranten zu zwängen.

Noch ehe er den Wagen angehalten hatte, quer über den Gehsteig und knapp, ehe er in das Schutzgitter vor dem Drugstore neben der *Paris Bar* hineinfuhr, sahen sie die drei auf dem Pflaster liegenden Gestalten.

Der Mann, der ihnen am nächsten lag, trug einen Trenchcoat mit Gürtel und einen dunklen, breitkrempigen Hut, der ihm noch auf dem Kopf saß. Er lag flach auf dem Bauch, die Arme gespreizt; seine Füße ruhten auf den Spitzen. Sein linker Arm war angewinkelt, Handfläche nach oben, der rechte zur Seite gereckt, und die Hand hielt noch einen kurzläufigen Revolver gepackt.

Ein Blick genügte, um zu sehen, daß der Mann tot war.

Die Fassade der *Paris Bar* war mit Edelstahl verkleidet und wurde beherrscht von zwei großen Schaufenstern, die den Eingang flankierten. Die Stahlplatte links war unter der Scheibe unmittelbar über dem Toten von Einschüssen durchlöchert.

Mit dem zweiten Toten war es anders. Er lag zusammengeknäuelt wie ein nasses Handtuch unmittelbar vor der Tür. Sein glattes, hübsches, schwarzes Gesicht über den Falten seines farbenfreudigen Anzugs trug einen Ausdruck unsagbarer Überraschung. Er sah eher aus, als ob er vor Schreck gestorben wäre, nicht aber durch einen Schuß; das kleine, runde, rotgeränderte Loch über seiner rechten Schläfe verriet jedoch alles.

Die dritte Gestalt war von Polizisten umringt.

Grave Digger und Coffin Ed stiegen aus und traten zu dem ersten Toten.

»Zwei Treffer oben durch den Hut«, bemerkte Grave Digger und ließ den Blick weiterschweifen. »Er lag schon auf dem Bauch, und die Treffer nagelten den Hut regelrecht fest.«

»Zwei weitere in der rechten Schulter und dann links in den Hals«, ergänzte Coffin Ed. »Da wollte einer ganz sichergehen, daß der Mann auch wirklich tot war.«

»Ein einzelner konnte dem Burschen keine fünf Treffer beibringen, solange er seine Waffe noch in der Hand hatte«, stellte Grave Digger fest.

»Mir scheint, daß zwei oder mehr von da drüben geschossen haben, wo Casper liegt, und daß er von einem Dritten aus einem Wagen am Straßenrand ins Kreuzfeuer genommen wurde.«

»Ganz recht«, stimmte Grave Digger zu und zählte die Einschüsse in der Platte aus Edelstahl. »Einer hat mit einer Pistole aus dem Wagen geschossen – alle elf Schuß daneben.«

»Der Bursche lag flach am Boden, und der Mann im Wagen schoß über ihn weg; aber das gab den anderen die Chance, ihn umzulegen.«

Grave Digger nickte. »Der hier verstand zweifellos sein Geschäft, aber die anderen waren schneller.«

»Hierher!« rief Leutnant Anderson.

Anderson stand mit einem weißen Detektiv namens Haggerty und zwei Streifenpolizisten um einen bewußtlosen Farbigen herum, der der Länge nach ausgestreckt auf dem Gehsteig lag.

Grave Digger und Coffin Ed warfen einen flüchtigen Blick auf den zweiten Toten, als sie an ihm vorbeigingen.

»Kennst du ihn?«

»Son Girl-Boy«, antwortete Coffin Ed.

Detektiv Haggerty bleckte die Zähne, als sie näher kamen. »Immer, wenn ich euch beide sehe, muß ich an zwei Bauernburschen denken, die sich in der City verlaufen haben«, begrüßte er sie.

Grave Digger warf ihm einen kurzen Blick zu. »Der Witzbold vom Dienst.«

Coffin Ed ignorierte ihn.

Beide starrten auf die bewußtlose Gestalt hinunter. Man hatte ihn auf den Rücken gedreht und ihm seinen steifen Hut als Polster unter den Kopf gelegt. Die Hände waren über der Brust gefaltet, und er hatte die Augen geschlossen. Wäre nicht sein mühsames Atmen gewesen, hätte man ihn für tot halten können.

Er trug einen marineblauen Kaschmirmantel mit handgesäumten Aufschlägen und aufgesetzten Taschen. Sein Hemd wurde durch einen schwarzen Seidenschal verdeckt. Seine Hose war aus dunkelblauem Flanell mit weißen Nadelstreifen. Fast neue schwarze Boxcalfschuhe vervollständigten seinen Anzug.

Er hatte ein breites, glattrasiertes Gesicht mit einem kantigen, aggressiv wirkenden Kinn. Die schwarze Haut sah samtweich aus, das sorgfältig geschnittene, krause Haar war schneeweiß. Alles in allem wirkte er imposant.

»Casper sieht ziemlich heil aus«, sagte Coffin Ed mit unbewegtem Gesicht.

»Er wurde mit einem Totschläger hinter das linke Ohr geschlagen«, erklärte Leutnant Anderson.

»Und was halten Sie von der Geschichte?« fragte Grave Digger.

»Dem Anschein nach wurde Holmes beraubt, aber alles andere paßt nicht so richtig ins Bild«, gestand Anderson.

»Der Spaßvogel da drüben muß aus der Bar gekommen sein, um die blauen Bohnen zu bewundern«, witzelte Haggerty und lachte über seinen eigenen Witz.

»Aber eine hat er doch nicht gesehen«, fügte ein weißer Polizist grinsend hinzu.

Mit einem Blick wischte Anderson ihm das Grinsen aus dem Gesicht.

»Wer ist der Mann mit dem Revolver?« fragte Coffin Ed.

»Noch nicht identifiziert«, antwortete Anderson. »Haben ihn noch nicht angerührt. Wir warten auf den Polizeiarzt und auf dic Leute vom Morddezemat.«

»Was sagen die Zeugen?«

»Was für Zeugen?«

»Jemand in der Bar muß doch was gesehen haben.«

»Sicher, aber bisher will das noch keiner zugeben«, antwortete Anderson. »Ihr wißt ja, wie das ist, wenn ein Weißer umgebracht wird. Keiner will damit zu tun haben. Ich hab nach der Minna geschickt und nehme sie allesamt mit.«

»Lassen Sie mich mal mit den Leuten reden«, meinte Coffin Ed.

»Na schön. Versuchen Sies.«

Coffin Ed ging mit langen Schritten zum Eingang der Bar, der von einem weißen Polizisten bewacht wurde.

Grave Digger sah fragend einen weißen Zivilisten an, der sich der Gruppe Polizisten angeschlossen hatte.

»Das ist Mister Zazuly«, erklärte Anderson. »Er kam gleich nach der Schießerei hier vorbei und hat das Revier alarmiert.«

»Was hat er gesehen?« fragte Grave Digger.

»Als ich hier ankam, war die Straße von Menschen überfüllt«, sagte Mister Zazuly, und seine von den dicken Gläsern einer Hornbrille vergrößerten Augen blinzelten heftig. »Die beiden Toten lagen genauso da wie jetzt, und nicht ein Polizist war in Sicht.«

»Er ist Buchhalter bei Blumstein«, erläuterte Anderson.

»Hat er die Schüsse gehört?«

»Selbstverständlich habe ich die Schüsse gehört. Es klang wie im zweiten Weltkrieg. Und nicht ein Polizist in Sicht.« Mister Zazulys rundes, eulenhaftes Gesicht über den Falten des Mohairschals verriet höchste Empörung. »Gangsterkrieg in einer Hauptverkehrsstraße! Ganz frech und offen!« Seine Stimme überschlug sich fast. »Und wo war die Polizei, frage ich Sie?«

Grave Digger machte ein verlegenes Gesicht. Niemand gab Mister Zazuly Antwort.

»Ich werde eine schriftliche Beschwerde einreichen«, drohte er.

Das Heulen einer Sirene näherte sich.

»Da kommt der Krankenwagen«, sagte Anderson erleichtert.

Das rote Blinklicht des Krankenwagens kam aus der Richtung der Lenox Avenue durch die 125th Street schnell näher.

Grave Digger wandte sich an Mister Zazuly. »Ist das alles, was Sie gesehen haben?«

»Was kann er denn überhaupt gesehen haben?« witzelte Haggerty. »Bei der Brille?«

Der Krankenwagen hielt neben einem Streifenwagen, und die Polizisten standen schweigend daneben, während der Arzt den Ohnmächtigen flüchtig untersuchte.

»Können Sie ihm nicht was geben, damit er zu sich kommt?« fragte Anderson.

»Was denn?« fragte der Arzt zurück.

»Na, ich meine, wann wird er in der Lage sein, zu reden?«

»Kann ich nicht sagen, Inspektor. Vielleicht hat er eine Gehirnerschütterung.«

»Ich sehe schon, daß Sie schnell Karriere machen werden«, meinte Anderson.

Während Caspar Holmes auf die Bahre gelegt und fortgetragen wurde, sagte niemand mehr ein Wort.

Anderson blickte auf seine Uhr. »Das Morddezernat könnte endlich kommen«, sagte er ungeduldig.

»Bei dem Wetter verderben die Leichen nicht so schnell«, sagte Haggerty, schlug den Mantelkragen hoch und kehrte dem eiskalten Wind den Rücken zu.

»Will mal sehen, wie Ed vorwärtskommt«, sagte Grave Digger und ging auf den Eingang der *Paris Bar* zu.

Als Coffin Ed in die Bar trat, blickte niemand in seine Richtung.

Der Raum war lang und schmal. An der linken Seite verlief der ganzen Länge nach die Bar und nahm die Hälfte des vorhandenen Platzes ein. Die Gäste saßen auf Hockern an der Theke oder standen herum. Tische gab es nicht.

Das übliche Sonnabendnachtpublikum hatte sich eingefunden: kesse Jünglinge in pfauenbunten Anzügen, leuchtende Kappen in

Blau und Silber, Gold und Rot auf die pomadisierten Locken gedrückt, die sie sich gerade beim Friseur für sieben Dollar hatten legen lassen. Und dazu die großen, kräftigen, rauh aussehenden Männer, die das Leben für sie so wunderbar machten. Aber nicht eine einzige Frau war zu sehen.

Coffin Ed war kein Moralprediger. Aber diese an Verschwörer erinnernde Art, jedem Außenseiter mit eisigem Schweigen zu begegnen, ging ihm auf die Nerven.

Bis zum letzten Mann starrten sie alle in ihre Gläser, als ob sie eine Konkurrenz um den Preis der drei weisen Affen auskämpften: nichts sehen, nichts hören, nichts sagen. Der Wettbewerb drohte zu einem toten Rennen auszuarten.

Die drei Barmänner spülten mit einem Eifer Gläser, der sie bei der Gewerkschaft allesamt auf die schwarze Liste bringen konnte.

Coffin Eds Hals begann sich zu blähen. Sein Blick flackerte gefährlich drohend die Reihe entlang und suchte nach einem Kandidaten, mit dem er anfangen konnte. Aber alle hüllten sich gleichermaßen in tiefes Schweigen.

»Versucht ja nicht, vor mir die Taubstummen zu spielen«, warnte er. »Ich bin genauso ein Farbiger wie ihr.«

Im Hintergrund kicherte jemand leise. Der uniformierte weiße Polizist starrte Coffin Ed mit ausdruckslosem Gesicht an.

Coffin Ed sprach den Rücken des Burschen auf dem ersten Barhocker an. »Na, Jungchen, fangen wir mit dir an. In welche Richtung sind sie davongefahren?«

Der mädchenhafte Jüngling starrte weiter in sein Glas, als ob er stocktaub wäre.

Coffin Ed packte ihn bei der Schulter und riß ihn herum.

»In welche Richtung sind sie fort?« wiederholte er mit rauher Stimme. Der Jüngling sah ihn aus großen braunen Rehaugen an, die unfähig zu sein schienen, irgend etwas anderes zu begreifen als Liebe. »Fort, Sir? Wer ist fort?« lispelte er.

In plötzlich aufwallender Wut fegte Coffin Ed ihn mit der linken Hand von seinem Barhocker.

Der Jüngling taumelte gegen die Wand und sank auf dem Boden in sich zusammen. Von überall rollten Augen in seine Richtung und rollten wieder fort. Der junge Mann war mehr vor Überraschung benommen als vom Schmerz. Er hielt es für das beste, einfach liegen zu bleiben.

Coffin Ed nahm sich den nächsten in der Reihe vor, einen unauffällig gekleideten, älteren Mann. Antworten sprudelten ihm aus dem Mund, noch ehe er gefragt wurde.

»Sie fuhren nach Westen, das heißt, die 125th Street lang, meine ich.«

Coffin Eds Gesicht war so finster drohend, daß der Mann erst einmal schlucken mußte, ehe er weitersprechen konnte.

»Sie saßen in einem schwarzen Buick. Drei Leute. Einer am Steuer, und die beiden anderen machten den Überfall.« Danach ging ihm die Luft aus.

»Haben Sie die Nummer gesehen?«

»Nummer!« Der Mann sah aus, als ob Coffin Ed seine Mutter beschimpft hätte. »Warum sollte ich mich um die Nummer kümmern? Sie sahen wie richtige Polizisten aus, als sie hier vorfuhren. Und nach allem, was ich weiß, hätten sie auch richtige Polizisten sein können.«

»Polizisten?« Coffin Ed erstarrte.

»Und als sie wieder wegfuhren, lag ich wie alle anderen auf dem Boden.«

»Wollen Sie vielleicht behaupten, daß es Polizisten gewesen sind?«

»Ich meine nicht, daß sie richtige Polizisten waren«, verbesserte sich der Mann schnell. »Sie hätten es sicher gewußt, Sir, ob sie wirklich Polizisten waren. Ich wollte nur sagen, daß sie wie Polizisten aussahen.«

»In Uniform?« Coffin Eds Nerven waren so straff gespannt wie die Kabel eines vollbelasteten Krans, und seine Stimme war ein kratzendes Flüstern.

»Woher sollte ich sonst wissen, daß sie wie Polizisten aussahen, Sir?« erklärte der Mann hastig mit einem besänftigenden Lächeln. »Hier weiß jeder, was Sie sind, gleichgültig, was Sie anhaben. Ich wollte nur sagen, daß die Männer Polizeiuniformen angehabt haben. Natürlich kann ich nicht beurteilen, ob sie Polizisten waren oder nicht. Natürlich habe ich mir nicht ihre Dienstmarken zeigen lassen. Ich weiß nur, was ich gesehen habe, und sie …«

Coffin Ed überlegte schnell. Er schnitt dem Mann das Wort ab. »Farbige?«

»Zwei waren farbig. Einer war ein Weißer.«

Als Polizisten getarnte Banditen. Coffin Ed versuchte sich zu erinnern, wann das zum letztenmal vorgekommen war. Meist ging es dann um einen großen Coup.

»Wie sah er aus?«

»Wie er aussah? Wer?«

Er hatte sich so stark darauf konzentriert, das Rätsel zu lösen, daß er den Mann vor sich vergessen hatte. Er blickte ihn scharf an. »Der Weiße. Fangen Sie nicht an, witzig zu werden.«

»Genauso, wie ich schon gesagt habe, Boss. Er sah aus wie ein Polizist. Sie wissen ja selber, Boss«, fügte er schlau hinzu und blinzelte Coffin Ed vertraulich an, »diese weißen Polizisten sehen alle gleich aus.«

Unter gewöhnlichen Umständen hätte Coffin Ed ihm das durchgehen lassen. Er selbst hatte versucht, ihre Rassenbrüderschaft auszuspielen, als er in die Bar gekommen war, aber er war nicht in der Laune, sich auf Vertraulichkeiten einzulassen.

»Spar dir die dämlichen Witze, Strolch. Hier gehts um Mord.«

»Sehen Sie mich doch nicht so an, Boss. Ich wars nicht«, antwortete der Witzbold und hob in einer komischen Pantomime die Hände, als ob er einen Schlag abwehren wollte.

Er erwartete gar nicht, geschlagen zu werden, aber es traf ihn doch ein Schlag. Coffin Eds Faust riß ihm die Hände auseinander und landete auf seinem linken Auge; der Mann segelte von seinem Hocker.

Durch die Gäste lief ein Raunen. Coffin Ed besaß jetzt ihre volle Aufmerksamkeit, sie regten sich und zeigten Leben.

Der nächste in der Reihe war ein großer, kräftiger Mann in einer Lederjacke und mit einem Kalbfellfes auf dem Kopf. Doch plötzlich kam er sich angesichts der Lage zu groß vor und versuchte vergeblich, sich kleiner zu machen.

Coffin Ed musterte ihn aus blutunterlaufenen Augen. »Gehörst du auch zur Liga?« knurrte er.

»Liga? Nosir, Boss. Also, wenns die falsche Liga is, gehör ich bestimmt nich dazu.«

»Die Liga der Stummen.«

»Ich doch nich, Boss!« Der große Mann zeigte Coffin Ed einen Mundvoll Zähne zum Beweis. »Ich hab keine Angst, alles zu sagen, was wahr is. Ich erzähl alles, was ich gesehn hab. Das schwör ich bei Gott. Natürlich, es is nich viel ...«

»Du hast gesehen, wie zwei Männer erschossen wurden.«

»Das hab ich nur gehört, Boss. Sehen konnt ichs nich.«

»Drei Männer, die sich als Polizisten verkleidet hatten ...«

»Ich hab nur zwei gesehn, Boss.«

»Sie haben einen Mann in aller Öffentlichkeit draußen vor diesem Lokal beraubt ...«

»Das kann ich nich beschwörn, Boss. Das hab ich nich gesehn.«

»Was ist dabei rausgekommen?«

»Rausgekommen?« Der Mann tat so, als ob ihm das Wort unbekannt wäre.

»Was haben sie ihm abgenommen?«

»Abgenommen? Wenn sie ihm was abgenomm ham, hab ichs nich gesehn.«

Coffin Ed schnellte hoch. Er versetzte dem Witzbold einen rechten Haken gegen den Solarplexus, sah, wie der Getroffene den Mund aufriß. Der Kalbfellfes flog ihm vom Kopf, als er nach vorn zusammenklappte. Coffin Ed packte ihn im Genick und riß das rechte Knie hoch. Es sollte dem Mann den Kopf mit sprühenden

Sternen füllen. Aber der große Mann hatte den Mund immer noch aufgerissen, und seine Zähne schlugen wie eine Bärenfalle in Coffin Eds Kniescheibe.

Coffin Ed grunzte vor Schmerz auf, spürte, daß sein Bein gefühllos wurde, und packte den Mann am Kragen, um ihn vor dem Hinfallen zu bewahren. In blinder Panik versuchte der Mann sich zu befreien und rammte Coffin Ed den Kopf gegen den Leib. Coffin Ed schlug der Länge nach auf den Rücken, wobei er sich in rasender Wut an die Lederjacke klammerte. Die Lederjacke bremste den Schwung etwas, der Mann flog dennoch weiter, schlug einen Salto und landete auf dem Rücken. Coffin Ed wälzte sich auf die Schultern, machte eine halbe Drehung und versetzte dem großen Burschen einen Tritt. Ein kurzer Schauer durchlief den Mann, dann wurde er schlaff.

Coffin Ed packte die Kante der Bartheke und zog sich auf die Füße, wobei er sein Gewicht auf sein unverletztes Bein verlegte. Er sah sich nach dem nächsten in der Reihe um, aber es gab keine Reihe mehr.

Die Gäste hatten sich hinten im Raum zusammengedrängt und standen kurz vor einer Panik. Messer blitzten, man stieß und bedrohte sich gegenseitig.

Der weiße Polizist an der Hintertür schrie: »Zurück! Kommt mir nicht zu nahe, oder ich schieße!«

Absichtlich langsam zog Coffin Ed seinen langen, vernickelten Revolver Kaliber .38 aus dem Schulterhalfter.

»Jetzt will ich klare Antworten von euch Minnesängern hören«, sagte er in einem Ton, der allen an den Nerven zerrte.

Einer stieß einen weibischen Schrei aus.

In diesem Augenblick kam Grave Digger von der Straße herein. Ohne einen zweiten Blick zu verschwenden, öffnete er seinen großen Mund und schrie mit voller Lautstärke: »Ausrichten!« Noch ehe der Widerhall seiner Stimme von den Wänden verklungen war, hatte er seinen großen vernickelten Revolver, das Gegenstück zu Coffin Eds Waffe, in der Hand, jedem sichtbar.

Coffin Ed entspannte sich. Ein grimmiges Lächeln spielte um die Winkel seines vernarbten Mundes. »Abzählen!« bellte er mit einer Stimme, die der Graver Diggers entsprach.

Um das Maß vollzumachen, feuerten sie vier Schüsse in die frisch gestrichene Decke. Alles erstarrte. Nicht ein Wispern war zu hören, keiner wagte zu atmen, ln Harlem hieß es, daß diese beiden schwarzen Detektive eine Leiche in ihrem Sarg umbringen würden, wenn sie sich nur regte.

Im nächsten Augenblick quollen Polizisten aller Schattierungen von der Straße herein. Die Mannschaft des Morddezemats war eingetroffen und kam in voller Stärke: ein Leutnant und zwei Detektive mit gezogenen Waffen, ein dritter Detektiv mit einer Maschinenpistole. Leutnant Anderson folgte ihnen, Haggerty auf den Fersen, und zwei Uniformierte bildeten die Nachhut.

»Was soll das? Was ist los? Was geht hier vor?« schrie der Leutnant vom Morddezernat mit rauher Stimme.

»Die beiden Cowboys von der Harlem-Ranch treiben nur das Jungvieh zusammen«, witzelte Haggerty.

»Du lieber Heiland«, stieß Anderson fast keuchend aus. »Gebraucht doch euren Grips! Nach allem, was schon passiert ist, sorgt ihr noch dafür, daß wir wirklich die Hosen vollkriegen.«

»Wir versuchen nur, dieses Volk hier zur Vernunft zu bringen«, knurrte Grave Digger.

Der Leutnant vom Morddezernat sah ihn mit aufgerissenen Augen an. »Soll das heißen, Sie versuchen nur ... Sie versuchen nur, diese Zeugen hier zu einer Aussage zu bewegen?«

»Die Methode hat sich bewährt«, erwiderte Grave Digger.

»Sie beruhigt sie«, ergänzte Coffin Ed. »Sie werden bemerken, daß sie eine besänftigende Wirkung auf ihre Nerven hat.«

Aller Augen wandten sich den ruhigen, passiven Leuten zu, die sich im Hintergrund drängten.

»Mich laust der Affe«, sagte der Leutnant vom Morddezemat. »Jetzt kann mich wirklich nichts mehr überraschen.«

»Der Wagen ist da. Wir nehmen diese Leute mit ins Revier, um sie zu vernehmen«, ordnete Anderson an.

»Überlassen Sie sie uns noch fünfzehn Minuten«, verlangte Grave Digger.

In die folgende kurze Stille hinein sagte der Mixer: »Lassen Sie den Laden nicht schließen, Chef. Ich will alles sagen.«

Augen wandten sich in seine Richtung. Er war ein gutgenährter, intelligent aussehender Mann von etwa fünfunddreißig, der als Prediger einer der ärmeren Baptistengemeinden hätte gelten können.

»Kommen Sie alle raus«, befahl Anderson den anwesenden Polizisten.

5

»Es fing mit Snake Hips an«, sagte der Barmann und polierte ein Glas, um seinen Händen etwas zu tun zu geben.

»Snake Hips?« erwiderte Grave Digger ungläubig. »Das ist doch der Frauenimitator aus dem *Down Beat Club* weiter oben.«

»Der Tanzkünstler«, berichtigte der Barmann mit unbewegtem Gesicht.

»Was hatte er damit zu tun?« fragte Coffin Ed.

»Nichts. Er tanzte nur. Er tanzte draußen auf der Straße, und wir sahen ihm zu. Deshalb haben wir es gesehen.«

»Ohne Mantel und Hut? Ganz für sich allein? Er ging hier raus und tanzte draußen bei diesem Wetter, ohne Mantel und Hut – ganz allein?« Unglaube stand in Grave Diggers Gesicht.

»Er wollte sich nur aufspielen«, erklärte der Barmann und hielt das Glas ins Licht, hauchte es an und fing von neuem an, es zu polieren. »Er hat sich einen neuen Liebhaber zugelegt und wollte nur den Mann verspotten, der dessen Vorgänger war. Sie wissen ja, wie diese Leute sind. Wenn sie auf einen wütend sind, gehen sie auf die Straße und versuchen einen zu blamieren.«

»Wer ist der Mann?«

»Wen meinen Sie, Sir?«

»Den Vorgänger.«

Der Barmann suchte nach einer Stelle, die er ansehen konnte. Schließlich richtete er den Blick wieder auf das Glas, das er polierte. Wenn seine Haut heller gewesen wäre, hätte man sein Erröten bemerkt. Endlich flüsterte er: »Das war ich, Sir.«

Grave Digger wischte die Antwort beiseite. »Na gut, aber kommen wir zu Snake Hips zurück. Wer ist jetzt bei ihm dran?«

»Sicher bin ich mir nicht. Sie wissen ja, wie das bei diesen Leuten ist …« Er würgte, aber sie ließen es ihm durchgehen. »Ich meine, bei diesen Leuten weiß man wirklich nie Bescheid. Zuletzt hat er sich mit jemand herumgetrieben, der ›Black Beauty‹ genannt wird. Aber Black Beauty wurde auch mit einem Mann namens ›Baron‹ gesehen. Und ich weiß zuverlässig, daß Mister Baron viel mit einem Weißen gesehen wurde … seinen Namen kenne ich nicht.«

»Haben Sie ihn mal gesehen? Den Weißen, meine ich«, fragte Coffin Ed.

»Ja, Sir.«

»War er einer der drei, die den Überfall verübten?« fragte Grave Digger.

»Aber nein, Sir. Zu der Sorte gehörte er überhaupt nicht. Er war in gewisser Weise ein Herr … wie man sie am Broadway sieht.«

»Also gut, lassen wir Snake Hips«, sagte Grave Digger, wobei er sich die Informationen für künftige Verwendung merkte. »Sie kennen Casper Holmes vom Ansehen?«

»Ja, Sir. Er ist Gast bei uns.«

»Was?«

Der Barmann zuckte flüchtig mit den Schultern und spreizte die Hände. Dabei hielt er das Glas in der einen und das Tuch in der anderen Hand.

»Na ja, nicht regelmäßig. Sein Büro liegt oben im Haus, und manchmal kommt er kurz auf einen Drink zu uns.«

»Ist er an der Bar vorbeigekommen?« fragte Coffin Ed.

»Ja, Sir. Er muß gerade aus seinem Büro gekommen sein. Snake Hips tanzte draußen, aber Mister Holmes ging an ihm vorbei, als ob er ihn nicht bemerkt hätte. So, als ob er mit seinen Gedanken ganz woanders wäre.«

»Kannte er Snake Hips?«

Der Barmann schlug die Augen nieder. »Möglich, Sir. Mister Holmes kommt viel herum.«

»Könnte Snake Hips' Tanz ein Zeichen gewesen sein?«

»Nein, ganz bestimmt nicht. Er wollte mich nur reizen. Ich habe schließlich eine Frau und zwei Kinder …«

»Und trotzdem haben Sie Zeit für diese Knaben?« fragte Coffin Ed.

»Also, das war alles ganz harmlos. Ich habe nicht …«

»Laß ihn in Ruhe«, sagte Grave Digger schroff. »Casper hat ihn also nicht gesehen, oder richtiger, er hat ihn nicht zur Kenntnis genommen.« »So kann man es nennen. Gesehen haben muß er ihn, aber Mister Holmes ging schnell, sah gerade vor sich hin und trug in der Hand eine Schweinsledertasche …«

Beide Detektive wurden plötzlich aufmerksam.

»Eine Aktentasche?« fragte Grave Digger flüsternd.

»Genau, Sir. Eine Aktentasche aus Schweinsleder. Sah ganz neu aus. Er ging in Richtung Seventh Avenue, wohl um sich ein Taxi zu nehmen.«

»Die Schlußfolgerungen überlassen Sie lieber uns.«

»Na ja, im allgemeinen parkt er den Wagen vor dem Haus. Diesmal stand er nicht da, darum nehme ich an …« Grave Diggers Blick schnitt ihm das Wort ab. »Also, jedenfalls war er gerade an der Tür vorbei, als ein schwarzer Buick vor der Bar hielt …«

»Hatte der denn Platz zum Parken?«

»Ja, Sir. Zufällig waren gerade zwei Wagen fortgefahren.«

»Wissen Sie, wem sie gehörten?«

»Die Wagen? Nein, Sir. Ich glaube, die Fahrer – richtiger: die Fahrgäste, denn es war eine ganze Gesellschaft – kamen aus dem *Palm Café.*«

»Bemerkte Casper den Buick?«

»Anscheinend nicht, denn er ging einfach weiter. Dann stiegen zwei Polizisten – das heißt, zwei Männer in Polizeiuniform – aus, und ein dritter blieb hinter dem Lenkrad sitzen. Mein erster Gedanke war, daß Mister Holmes vielleicht Wertobjekte bei sich hatte und die Polizisten ihn schützten. Aber Mister Holmes versuchte, an ihnen vorbeizugehen, genaugenommen zwischen ihnen hindurch, denn sie waren auseinandergetreten, als er an ihnen vorbeiwollte ...«

»Wo war der Weiße?«

»Er stand rechts von Mister Holmes, nach der Straße zu. Mister Holmes trug die Aktentasche auf dieser Seite. Dann packten sie ihn bei den Armen, jeder an einem. Mister Holmes schien zuerst überrascht zu sein; dann wurde er wütend.«

»Konnten Sie sein Gesicht sehen?«

»Nein, Sir. Aber er richtete sich steif auf und sah aus, als ob er wütend wäre, und ich weiß, daß er etwas sagte, denn ich konnte sehen, daß sich sein Mund bewegte. Es sah aus, als ob er laut schrie, aber hören konnte ich ihn natürlich nicht.«

»Weiter«, drängte Grave Digger. »Wir haben nicht die ganze Nacht Zeit.«

»Na ja, Sir, da hatte ich zum erstenmal den Verdacht, daß etwas nicht stimmte. Und gleich darauf bemerkte ich, daß der Weiße Mister Holmes den Hut vom Kopf stieß. Und gleichzeitig schlug der farbige Polizist – farbige Mann – Mister Holmes mit einem Totschläger hinter das linke Ohr. Er stand links von Mister Holmes.«

»Haben Sie den Totschläger gesehen?«

»Nicht genau. Er sah aus wie ein gewöhnlicher, lederbespannter Totschläger mit einem Fischbeingriff.«

»Schlug er ihn öfter?«

»Nein, Sir, einmal genügte. Mister Holmes fiel hin, als ob er sich setzen wollte, und der Weiße nahm ihm die Schweinsledertasche aus der Hand.«

»Wer in der Bar hat das noch gesehen?«

»Ich glaube nicht, daß es noch jemand gesehen hat. Die Gäste stehen mit dem Gesicht zu uns, und nur wir Barleute sehen in diese Richtung; die beiden anderen Barmänner hatten zu tun.«

»Wie verhielt sich Snake Hips? Hat er gesehen, was passierte, oder war er zu berauscht?«

»Er hatte nichts genommen, falls Sie das meinen. Aber er tanzte in langsamen Kreisen eine Art Shake und drehte ihnen gerade den Rücken zu.«

»Die da draußen müssen ihn aber doch gesehen haben?«

»Gesehen haben sie ihn bestimmt, aber nicht beachtet. Ihrer Ansicht nach war er anscheinend so harmlos wie ein Laternenpfahl.«

»Warum haben Sie nicht die Polizei angerufen?«

»Dazu blieb mir keine Zeit. Ich wollte es tun, aber gleich darauf hörte ich einen Schuß. Direkt vorm Fenster erschien plötzlich ein Mann wie aus dem Nichts. Als ich den Schuß hörte, dachte ich zuerst, sie hätten Snake Hips erschossen. Dann sah ich den Mann draußen stehen, mit so einem kurzen Revolver in der ausgestreckten rechten Hand. Und dann hörte ich ihn befehlen: ›Hände hoch!‹«

»Sie haben ihn gehört?«

»Ja, Sir. Sehen Sie, er sprach erst nach dem Schuß. Und nach dem Schuß war hier drin alles mäuschenstill.«

»In diesem Augenblick müssen die Banditen angefangen haben zu schießen«, bemerkte Coffin Ed.

»Nein, Sir. Ich weiß nicht, was sie taten, weil ich nicht mehr hinsah, aber sie fingen nicht an zu schießen, weil der Mann seine Waffe auf sie richtete. Der Polizist – ich meine, der Mann im Wagen – fing mit Schießen an. Der Wagen stand im Dunkeln, aber ich konnte das Mündungsfeuer sehen.«

Einen Augenblick vergaß er, sein Glas zu polieren, und wurde bei der Erinnerung aschgrau.

»Natürlich schoß der Mann in dem Buick nicht auf mich, aber er hielt seine Waffe in meine Richtung. Ich hatte solche Angst, daß ich sechs Babys hätte fallen lassen, weil es so aussah, als ob er nie wieder aufhören würde mit Schießen.« Er wischte sich mit dem Handtuch die Schweißperlen vom aschgrauen Gesicht.

»Elfschüssige Pistole«, sagte Coffin Ed.

»Mir klang es nach mehr als elf Schüssen«, behauptete der Barmann.

»Und dann haben Sie Deckung gesucht?« fragte Grave Digger enttäuscht, weil er annahm, daß der Bericht zu Ende sei.

»Das hätte ich tun sollen«, gab der Barmann zu. »Alle anderen duckten sich. Aber ich lief zur Tür und versuchte, Snake Hips hereinzurufen. Als ob er die Schüsse nicht viel deutlicher gehört hätte als ich. Aber man weiß bei so was ja nie, was man denkt. Ich stand also da und winkte, während der Mann im Wagen sich duckte und außer Sicht kam. Der Weiße hatte sich flach auf den Bauch geworfen, als das Schießen anfing, aber ich glaube nicht, daß er da schon getroffen war. Ich sah nicht richtig zu ihm hin, sondern zu dem Wagen hinüber; er muß auf den Mann im Wagen geschossen haben, denn ich sah, daß in der Scheibe über der vorderen Tür plötzlich zwei Löcher waren.«

»Jetzt kommen wir endlich weiter«, sagte Coffin Ed.

»Stimmt«, ergänzte Grave Digger.

»Ich versuchte noch immer, Snake Hips aufmerksam zu machen«, fuhr der Barmann fort, »aber er war blind vor Angst. Er stand mit hochgehobenen Armen da, und seine Hände zitterten wie Espenlaub. Er zitterte am ganzen Körper, seine Jacke stand vom offen, und ich wußte, daß er sehr frieren mußte. Ich glaube, er bat sie oder flehte sie an, nicht auf ihn zu schießen ...«

»Lassen wir Snake Hips«, unterbrach Coffin Ed brutal. »Was machten die beiden anderen?«

»Also, die müssen angefangen haben zu schießen, als der Mann im Wagen fertig war. Als die Schüsse aus dem Wagen aufhörten, wurde nämlich weitergeschossen, und ich schaute zu ihnen hin und sah die Flammen aus ihren Waffen. Ihre Revolver sahen genauso aus wie der mit dem kurzen Lauf, den der Mann auf dem Boden hatte. Der eine schoß mit der rechten Hand, der andere mit der linken ...«

»Der Weiße war der Linkshänder?«

»Nein, Sir, der Farbige. Den Totschläger hielt er in der Rechten, und er schoß aus der Hüfte ...«

»Aus der Hüfte?« warf Grave Digger ein.

»Ja, Sir, wie in einem richtigen Wildwestfilm ...«

»Im Hollywoodstil«, sagte Coffin Ed verächtlich.

»Laß ihn reden«, schnauzte Grave Digger.

»Der Weiße hielt die Aktentasche in der linken Hand, und er schoß mit der ausgestreckten Rechten, genau wie es der Mann auf dem Boden gemacht hatte ...«

»Das ist unser Mann«, murmelte Coffin Ed.

»Wurde einer der beiden getroffen?« fragte Grave Digger.

»Ich glaube nicht. Ich glaube nicht, daß der Mann auf dem Boden dazu kam, auf sie zu schießen. Als der Mann im Wagen nicht mehr schoß, fingen die beiden an. Sie können auch schon vorher angefangen haben. Jedenfalls hatte der Mann auf dem Boden keine Chance.«

»Und Sie standen die ganze Zeit hier drin und haben alles beobachtet?« fragte Grave Digger.

»Ja, Sir, wie ein Idiot. Ich sah, wie Snake Hips getroffen wurde. Jedenfalls wußte ich, daß er getroffen war, denn er fiel um. Nicht so wie die im Kino. Er brach einfach zusammen. Natürlich weiß ich nicht, wer ihn getroffen hat, aber es war einer der beiden neben Mister Holmes, denn der Mann im Wagen schoß ja nicht mehr.«

»Und Sie haben nicht gesehen, wie der Mann am Boden seine Treffer bekam?«

»Als ich wieder zu ihm hinsah, lag er so da, als ob er auf dem Bauch eingeschlafen wäre. Aber ich achtete nicht besonders auf ihn. Ich wartete nur darauf, daß die drei Polizisten – ich meine die drei Banditen – verschwanden, damit ich Snake Hips helfen konnte. Als sie dann fort waren, dachte ich: wozu? Er ist ja tot. Ich wußte, daß er tot war, als ich ihn zusammenbrechen sah. Mir fiel dann auch ein, daß man einen Toten nicht von der Stelle rücken soll. Darum blieb ich einfach nur stehen.«

»Und auch dann haben Sie die Polizei nicht angerufen«, fragte Coffin Ed drohend.

»Nein, Sir.«

»Was, zum Teufel, haben Sie denn getan? Sich versteckt, als alles vorbei war?«

Der Barmann senkte den Blick. Als er antwortete, klang seine Stimme so leise, daß sie sich Vorbeugen mußten, um ihn zu verstehen. »Ich habe geweint«, gestand er.

Einen Augenblick lang wußten weder Grave Digger noch Coffin Ed, wo sie hinsehen sollten.

Dann fragte Grave Digger unnötig schroff: »Haben Sie sich zufällig die Nummer des Buick gemerkt?«

Der Barmann gewann seine Selbstbeherrschung wieder. »Ich habe nicht richtig hingesehen. Ich meine, ich habe nicht ausdrücklich darauf geachtet. Ich konnte sie auch nicht genau erkennen, aber mir ist trotzdem aufgefallen, daß es eine Nummer aus Yonkers war.«

»Wieso ist Ihnen das aufgefallen?«

»Ich bin selbst aus Yonkers, und ich dachte, es wäre Schicksal, daß der Wagen mit Snake Hips Mördern aus dem Stadtteil kam, in dem ich wohne.«

»Verdammt, wir wollen Snake Hips endlich begraben«, sagte Coffin Ed grob. »Beschreiben Sie uns die beiden Männer, die aus dem Wagen stiegen.«

»Damit verlangen Sie zuviel von mir. Ich habe ihre Gesichter nicht richtig gesehen. Das Neonlicht von der Leuchtreklame über der Bar fiel auf sie, und in dem Licht sehen Gesichter anders aus als bei Tag. Darum sehe ich mir die Gesichter von Leuten draußen auf der Straße kaum an. Ich weiß nur, daß der eine Mann schwarz war …«

»Nicht halb schwarz?«

»Nein, Sir, ganz schwarz. Und der andere war weiß.«

»Ein Ausländer?«

»So kam er mir nicht vor. Ich würde sagen, er stammte aus dem Süden. Irgendwie erinnerte er mich an einen Hilfssheriff aus dem

Süden. Er hatte so etwas Schleifendes in seinen Bewegungen, aber er bewegte sich schneller, als es aussah, und er war stark. Er hatte auch etwas Niederträchtiges an sich, Sadistisches, würde ich sagen.«

»Nicht der Typ, der hier willkommen wäre?« fragte Grave Digger.

»Nein, Sir. Die Leute hier hätten Angst vor ihm.«

»Und die Huren nicht?«

»Doch, die Huren auch. Sein Geld würden sie aber trotzdem nehmen. Und er könnte der Typ sein, der es für billige Huren ausgibt.«

»Also gut, beschreiben Sie den Wagen.«

»Es war ein gewöhnlicher schwarzer Buick. Etwa drei Jahre alt. Mit gewöhnlichen schwarzen Reifen. Die üblichen Scheinwerfer, soviel ich sehen konnte. Wenn die Scheinwerfer nicht gewesen wären, hätte ich überhaupt nichts bemerkt.«

»Und sie fuhren in Richtung Eighth Avenue davon?«

»Ja, Sir. Dann kamen aus allen Richtungen Leute. Ein Angestellter von Blumstein kam zu uns herein und rief die Polizei an. Das ist alles, was ich weiß.«

»Und man muß es Ihnen einzeln aus der Nase ziehen«, sagte Grave Digger.

»Los, holen Sie Mantel und Hut. Sie kommen mit zum Revier«, sagte Coffin Ed.

Der Barmann war erschrocken. »Aber ich dachte ...«

»Und Sie können das Glas da wegstellen, ehe Sie es durchgerieben haben.«

»Aber ich dachte, wenn ich Ihnen alles sage ... ich meine ... Sie verhaften mich doch nicht?«

»Nein, Mann, wir verhaften Sie nicht, aber Sie müssen Ihre Geschichte für die Beamten vom Morddezernat und für die Akten noch mal erzählen«, antwortete Grave Digger.

Draußen hatten die Experten die wichtigsten Spuren gesichert. Der diensthabende Polizeiarzt war dagewesen und wieder fortgefahren. Er hatte nichts festgestellt, was nicht offensichtlich gewesen wäre.

Eine Durchsuchung der Kleidung des toten Weißen hatte ergeben, daß er ein Agent der Detektei Pinkerton war.

»Wir wollen sofort bei der New Yorker Zentrale nachfragen, welchen Auftrag er hatte. Das sollte uns einiges verraten«, meinte der Leutnant vom Morddezernat. »Und was haben Sie herausgebracht?«

»Nur das, was zu sehen war. Aber noch weiß niemand, was es bedeutet«, antwortete Grave Digger. »Der Mann hier arbeitete an der Bar. Er hat alles beobachtet.«

»Sehr gut. Wir werden es zu Protokoll nehmen. Schade, daß Sie keinen Stenographen bei sich hatten.«

»Dann hätten wir vielleicht nicht soviel erfahren«, sagte Coffin Ed. »Keiner spricht offen, wenn jedes Wort mitgeschrieben wird.«

»Jedenfalls haben Sie beide doch alles im Kopf, wie ich Sie kenne«, sagte der Leutnant vom Morddezemat. »Sobald die Leichen fortgeschafft sind, treffen wir uns im Revier und vergleichen unsere Informationen.« Er wandte sich an Leutnant Anderson. »Was ist mit den Kerlen in der Bar? Wollen Sie jemand mitnehmen?«

»Ich lasse ihre Namen und Adressen notieren«, antwortete Anderson. »Ich verlasse mich mit Jones und Johnson auf den Zeugen, den sie gefunden haben.«

»Gut«, sagte der Leutnant und schlug die kalten Hände zusammen. Er blickte in beiden Richtungen die Straße entlang. »Wo steckt denn nur der Leichenwagen?«

6

Über Sprechfunk kam für Leutnant Anderson ein Anruf vom Revier. Die gelangweilte Stimme des Sergeanten an der Vermittlung berichtete, der zum Convent geschickte Streifenwagen habe den Fund einer Leiche gemeldet und um weitere Anweisungen ersucht.

Anderson antwortete, der Wagen solle am Fundort bleiben. Er werde den Wagen des Morddezemats hinschicken.

Der Leutnant vom Morddezernat wies einen seiner Detektive an, den Polizeiarzt noch einmal zurückzurufen. »Dem alten Doc Fullhouse wird es zwar keinen Spaß machen, sich nächtelang mit Harlemer Leichen abzuplagen, aber was hilfts«, meinte er.

Anderson befahl: »Jones und Johnson, Sie fahren mit. Ich bringe den Zeugen in meinem Wagen zum Revier.«

Grave Digger und Coffin Ed, mit Haggerty hinten im Fond, fuhren dem Wagen des Morddezemats über die 125th Street zur Convent Avenue voran und dann die Steigung südlich des Convents hinauf. Der Streifenwagen parkte mitten im Block an der Klostermauer. Weit und breit war kein Fußgänger zu sehen.

Die zwei Polizisten saßen im Wagen, um sich warm zu halten, sprangen aber sofort heraus und zeigten sich diensteifrig, als der Wagen des Morddezemats ankam.

»Dort«, sagte der eine von ihnen und deutete auf die Mauer. »Wir haben nichts angerührt.«

Die Leiche schien in aufrechter Haltung flach an der Mauer zu kleben, die Arme hingen schlaff herunter, und zwischen ihren Füßen und dem Pflaster war ein Abstand von einigen Zoll. Vom Kopf abgesehen, war sie völlig in einen langen, formlosen schwarzen Mantel gehüllt; der Stoff war abgetragen und schimmerte grünlich, der Kragen war aus mottenzerfressenem Kaninchenfell. Die Hände steckten in gestrickten schwarzen Fäustlingen, die Füße in altmodischen hohen Knopfstiefeln, die erst kürzlich mit flüssiger Schuhcreme poliert worden waren. Das Gesicht schien in den harten Beton eingegraben zu sein, und nur der Hinterkopf war sichtbar. Sorgfältig gepflegtes, schwarzes und ölig glänzendes Haar schimmerte in dem schwachen Licht.

»Heilige Maria! Was ist denn hier passiert?« rief der Leutnant vom Morddezernat aus, als die Gruppe der Detektive herandrängte.

Taschenlampen blitzten auf und beleuchteten die groteske Gestalt.

»Was ist denn das?« fragte einer der abgebrühten Detektive des Morddezernats entsetzt.

»Was hält sie denn da fest?« wollte ein anderer wissen.

»Bloßn schlechter Witz«, sagte Haggerty. »Eine Puppe, die an der Mauer angefroren ist.«

Grave Digger suchte unter den Falten des Mantels nach einem Bein. »Das ist keine Puppe«, erklärte er.

»Fassen Sie sie nicht an, ehe der Polizeiarzt da war«, warnte der Leutnant vom Morddezernat. »Sie könnte runterfallen.«

»Sieht aus, als wäre sie garottiert worden«, meinte einer der Beamten aus dem Streifenwagen.

Der Leutnant vom Morddezernat wandte sich ihm zu; sein Gesicht hatte plötzlich die Farbe einer roten Rübe. »Garottiert! Wie denn? Von innen aus dem Convent heraus? Und von wem? Den Nonnen etwa?«

Der Polizist machte hastig einen Rückzieher. »Ich meine doch nicht von den Nonnen. Irgendeine Niggerbande kanns gewesen sein.«

Grave Digger und Coffin Ed drehten sich nach ihm um.

»Das war nur so eine Redensart«, sagte der Polizist herausfordernd.

»Ich seh mirs mal an«, sagte Grave Digger. Er stellte sich auf die Fußspitzen und spähte hinter den Pelzkragen. »Um den Hals hat sie nichts«, verkündete er.

Während er noch auf den Fußspitzen balancierte, schnüffelte er an dem welligen Haar. Dann blies er vorsichtig hinein. Seidige Strähnen flatterten zur Seite. Er ließ sich auf die Hacken fallen.

Der Leutnant sah ihn fragend an.

»Jedenfalls ist sie keine Oma«, sagte Grave Digger. »Dem Haar nach könnte sie gerade aus Rose Metas Schönheitssalon kommen.«

»Dann wollen wir doch mal nachsehen, wodurch sie festgehalten wird«, sagte der Leutnant.

Sie entdeckten eine Eisenstange, die etwa drei Fuß über dem Boden aus der Wand herausragte. Darunter und darüber zogen sich tiefe Risse durch die Mauer, und weiter oben war ein Riß zu einem breiten, länglichen Loch erweitert. In diese Höhlung war das Gesicht der Leiche mit solcher Wucht hineingestoßen worden, daß es sich festgekeilt hatte. Die vorstehende Stange war ihr zwischen die Beine geraten und hielt sie in der Schwebe.

»Mein Gott, es sieht aus, als wäre sie da reingepreßt worden«, sagte der Leutnant.

»Am Hinterkopf sind keine Anzeichen von Verletzungen«, stellte Grave Digger fest.

»Eines ist sicher«, witzelte Haggerty, »von allein ist sie da nicht raufgekommen.«

»Vielleicht ist sie von einem Wagen angefahren worden«, meinte ein uniformierter Polizist.

»Schon möglich«, sagte Coffin Ed.

»Von einem Wagen angefahren!« rief der Leutnant aus. »Verdammt, der Wagen müßte schnell wie ein Düsenflugzeug gewesen sein, um sie derart in die Mauer zu rammen.«

»Nicht unbedingt«, widersprach Grave Digger.

Der Streifenpolizist sagte: »Ach, ich hab was vergessen. Auf der anderen Straßenseite liegt eine Perücke im Rinnstein.«

Es war eine billige graue Perücke mit einem Knoten am Hinterkopf, und sie war mit einem Wagenheber beschwert.

»Lag der Wagenheber dabei?« fragte der Leutnant.

»Nein, Sir. Den hab ich draufgelegt, damit der Wind sie nicht fortwehte«, antwortete der Polizist.

Der Leutnant schob den Wagenheber mit dem Fuß beiseite und hob die Perücke auf. Ein Detektiv hielt eine Lampe hoch.

»Ich kann nur sagen, daß es wie Haar aussieht«, sagte der Leutnant.

»Wie richtiges Niggerhaar«, sagte der Streifenpolizist.

»Wenn Sie das Wort noch mal in den Mund nehmen, schlage ich Ihnen die Zähne ein«, drohte Coffin Ed.

Der Polizist fuhr auf. »Wer schlägt wem die Zähne ...«

Er kam nicht weiter. Coffin Ed versetzte ihm einen linken Haken in die Magengrube und einen rechten Schwinger ans Kinn. Der Polizist setzte sich aufs Pflaster. Langsam sank ihm der Kopf zwischen die Knie. Niemand sagte etwas. Es war eine heikle Situation. Coffin Ed gebührte eine scharfe Zurechtweisung, aber der Polizist hatte durch seine Bemerkung über die Nonnen auch schon den Leutnant vom Morddezernat, den ranghöchsten der anwesenden Beamten, gereizt.

»Er hats nicht anders gewollt«, knurrte er und wandte sich an den anderen Polizisten des Streifenwagens. »Bringen Sie ihn ins Revier zurück.«

»Jawohl, Sir«, antwortete der Polizist mit unbeweglichem Gesicht, warf Coffin Ed aber einen drohenden Blick zu.

Grave Digger legte eine besänftigende Hand auf Coffin Eds Arm. »Ruhig, Mann«, murmelte er.

Der Polizist half seinem Partner auf. Der war zwar benommen, konnte sich aber auf den Beinen halten. Sie schafften ihn in den Streifenwagen und brachten ihn fort.

Die anderen gingen über die Straße zurück und starrten wieder die Leiche an der Mauer an. Der Leutnant schob die Perücke in seine Manteltasche.

»Wie alt ist sie Ihrer Meinung nach?« fragte er Grave Digger.

»Jung«, antwortete Grave Digger. »Mitte Zwanzig.«

»Was ich nicht begreife, ist: Warum maskiert sich eine junge Frau als alte?«

»Vielleicht wollte sie für eine Nonne gehalten werden«, meinte einer der Detektive vom Morddezernat.

Der Leutnant begann rot anzulaufen. »Damit sie in den Convent hineingelassen wurde?«

»Nicht unbedingt. Vielleicht machte sie dunkle Geschäfte.«

»Was für dunkle Geschäfte?« Der Leutnant sah Grave Digger an, als ob er von ihm Antwort auf jede Frage erwartete.

»Fragen Sie mich nicht«, wehrte Grave Digger ab »Die Leute in Harlem denken sich jeden Tag neue dunkle Geschäfte aus. Sie haben die Zeit und die Phantasie dazu, und alles, was sie brauchen, um Geld zu verdienen, sind dunkle Geschäfte.«

»Na gut. Im Augenblick können wir nichts tun, als auf Doc Fullhouse zu warten«, sagte der Leutnant. »Wir wollen inzwischen die Straße absuchen und sehen, ob die uns was verrät.«

Grave Digger holte eine starke Taschenlampe aus dem Handschuhfach und ging mit Coffin Ed bis zur nächsten Kreuzung zurück.

Die anderen suchten die Straße in der Nähe der Leiche ab. Keine Bremsspuren waren zu entdecken. Sie fanden auch keine Glassplitter. Während Grave Digger die Straße von der Convent Avenue her heraufkam, ließ er die Taschenlampe von rechts nach links spielen und entdeckte dabei zwei schwarze Stellen auf dem Asphalt. Sie knieten nieder, um sie näher zu untersuchen.

»Hier hat ein Wagen scharf beschleunigt«, schloß Grave Digger.

»Ich würde sagen, ein großer Wagen mit abgefahrenen Reifen, aber das wollen wir den Experten überlassen.« Coffin Ed entdeckte einen Wagen mit einem aufgebockten Rad. Sie stellten fest, daß das gegenüberliegende Rad fehlte. – Sie sahen sich an.

»Das bringt uns was ein«, sagte Grave Digger.

»Dem hier auch«, stimmte Coffin Ed zu. »Ein Reifendieb war Zeuge.«

»Und was er sah, muß ihn veranlaßt haben, zu verschwinden, als ob der Teufel hinter ihm her wäre.«

»Wenn er nicht selber gesehen und verschleppt worden ist.«

»Der hier nicht. Der war geistesgegenwärtig genug, mit seinem Rad schnell abzuhauen«, widersprach Grave Digger.

»Ihn zu finden sollte nicht schwer sein. Einer, der in einer so kalten Nacht loszieht, um Reifen zu stehlen, muß einen ganz hübsch heißen Unterrock zu ernähren haben.«

Der Leutnant hörte sich ihre Entdeckung interessiert an.

»Trotzdem möchte ich wissen, wie diese Frau umkam«, sagte er. »Dann wissen wir auch, wonach wir suchen müssen.«

Ein Wagen bog von der Convent Avenue in die Straße ein, und Coffin Ed meinte: »Wir werdens wohl bald erfahren. Das da sieht nach der alten Kiste von Doc Fullhouse aus.«

Doktor Fullhouse war vermummt, als wäre er auf einer Südpolexpedition. Er war ein alter Mann, der sich gemächlich bewegte, und was zwischen einer Astrachanmütze und einem dicken gelben Kaschmirschal zu sehen war, erinnerte an eine lachende Mumie. Seine Brille beschlug in dem Augenblick, als er aus seinem überheizten Wagen stieg, und er mußte sie abnehmen. Seine wäßrigen blauen Augen suchten nach der Leiche.

»Wo ist sie?« fragte er streitsüchtig.

Der Leutnant deutete. »Hängt dort an der Wand.«

»Mir hat keiner gesagt, daß es sich um eine Vampirfledermaus handelt.« Docs Ton war ungehalten.

Der Leutnant lachte pflichtschuldig.

»Also, holen Sie sie schon runter«, befahl der Arzt. »Oder glauben Sie, daß ich da raufklettere, um sie zu untersuchen?«

Grave Digger packte einen Arm, Coffin Ed den anderen. Die beiden Detektive vom Morddezernat ergriffen jeder ein Bein. Die Leiche war steif wie ein Gipsabguß. Sie versuchten, sie behutsam abzunehmen, aber der Kopf klemmte fest. Sie zerrten daran, und plötzlich gab die Leiche nach. Sie legten sie behutsam auf den Rücken. Die schwarze seltsam fahle Haut der Wangen umrahmte gefrorenes Blut; gefrorene Blutstropfen klebten ihr auf den starren Augäpfeln.

»Mein Gott«, stöhnte der eine Detektiv vom Morddezernat, wandte sich zum Rinnstein und übergab sich.

Die anderen schluckten mühsam.

Der Doktor holte eine Lampe an einem langen Kabel aus seinem Wagen und richtete ihren Schein auf die Leiche. Er betrachtete sie, ohne eine Gefühlsregung zu zeigen.

»Da habt ihr mal ne Tote«, sagte er. »Wahrscheinlich war sie eine hübsche Frau.«

Niemand erwiderte etwas. Selbst Haggerty war stumm.

»Na los, helfen Sie mir«, sagte der Doktor. »Wir müssen sie ausziehen.«

Grave Digger hob die Tote an den Schultern hoch, und der Doktor streifte ihr den Mantel ab. Die anderen Detektive zogen ihre Handschuhe und Schuhe aus. Der Doktor schnitt das dicke schwarze Kleid auf. Darunter trug sie nur einen schwarzen BH und spitzenbesetzte Nylonschlüpfer. Ihre Glieder waren glatt und wohlgerundet, aber muskulös. Mit dem BH lösten sie einen falschen Busen ab und enthüllten eine glatte, flache Männerbrust.

Grave Digger und Coffin Ed wechselten einen kurzen, vielsagenden Blick.

»Also, ich will verdammt sein!« rief der Leutnant vom Morddezernat aus. »Das ist ja ein Mann.«

Der Doktor drehte die Leiche um. Quer über dem Rücken, an der Wirbelsäule, hatte sie eine breite, violett unterlaufene Schwellung.

»Na also. Das wars«, sagte der Doktor. »Er wurde an dieser Stelle mit großer Wucht getroffen und gegen die Mauer geschleudert.«

»Aber womit, um Himmels willen?« fragte der Leutnant.

»Bestimmt nicht mit nem Baseballschläger«, versicherte Haggerty.

»Ich vermute, daß er von hinten angefahren wurde«, erklärte der Doktor. »Eindeutig kann ich das erst nach der Obduktion sagen, und vielleicht nicht einmal dann.«

Der Leutnant blickte von der Straße zur Klostermauer hinüber. »Offen gesagt, Doc, ich glaube nicht, daß er von der Straße gegen die Mauer geschleudert wurde. So, wie wir ihn fanden? Besteht nicht die Möglichkeit, daß er erst überfahren und dann an die Mauer gequetscht wurde?«

»Alles ist möglich«, stimmte er zu. »Wenn Sie sich einen Autofahrer vorstellen können, der ihn erst überfahren und dann angehalten hat, um die Leiche an der Wand aufzurichten und mit dem Gesicht in den Spalt da zu pressen, dann …«

Der Leutnant schnitt ihm das Wort ab. »Verflucht noch mal, ich kann mir das leichter vorstellen, als daß die Leiche von der Straße dort hinaufgeschleudert wurde, egal, wovon sie gerammt wurde. Außerdem hat es schon Leute gegeben, die Schlimmeres getan haben.«

Der Doktor klopfte ihm auf die Schulter und lächelte nachsichtig. »Machen Sie sich Ihre Arbeit nicht schwerer, als sie ohnehin schon ist«, sagte er. »Suchen Sie nach einem unfallflüchtigen Fahrer und überlassen Sie die Wahnsinnigen den Psychiatern.«

7

Es war kurz nach zwei am Sonntagmorgen. Sandfeiner Eisschnee sprenkelte die Windschutzscheibe der kleinen schwarzen Limousine, die schnell den East Side Drive entlangfuhr. Die Heizung gab gerade genug Wärme, um die Windschutzscheibe klebrig zu machen, und vor Grave Diggers Blickfeld bildete sich eine Eisschicht.

»Die Heizung funktioniert auch nur im Sommer«, knurrte er verärgert.

»Stell sie doch ab«, riet Coffin Ed.

Der Wagen schleuderte auf einer vereisten Stelle, und Detektiv Tombs vom Morddezernat des Präsidiums schrie auf dem Rücksitz: »Passen Sie doch auf, Mann! Können Sie nicht fahren, ohne ins Schleudern zu kommen?«

Grave Digger lachte verhalten. »Jeden Tag hat ers mit Mördern zu tun, und dann hat er immer noch Angst, eine kleine Schramme abzukriegen.«

»Ich will nur nicht mit einem Wagen auf dem Buckel im East River landen«, protestierte Tombs.

Der Zeuge kicherte.

Das brach jede weitere Unterhaltung ab. Sie wollten sich bei ihren privaten Scherzen nicht von einem Außenstehenden belauschen lassen. Als sie vor dem Leichenschauhaus in der 29th Street vorfuhren, waren alle übelgelaunt und halb erfroren.

Ein Beamter am Schreibtisch in der Eingangshalle nahm sie in Empfang, notierte ihre Namen und die Nummern ihrer Polizeimarken. Der Barmann aus der *Paris Bar* gab seinen Namen als Alfonso Marcus und seine Adresse mit Formosa Street 217, Yonkers, N.Y., an.

Sie gingen durch Gänge und über Treppen zum Kühlraum hinunter. Ein weiterer Beamter öffnete ihnen eine Tür und drehte einen Schalter. »Ganz schön kalt hier, was?« fragte er grinsend und gab damit seinen Standardwitz zum besten.

»Sie waren heute noch nicht draußen, junger Freund«, antwortete Coffin Ed.

»Wir wollen das Opfer des Verkehrsunfalls in Harlem sehen«, sagte Grave Digger. »Ah ja, den Farbigen«, bestätigte der Beamte.

Er führte sie durch den langen, kahlen, von grellem Licht erhellten Raum und sah auf eine Karte, die an einem Fach befestigt war, das wie die Schublade eines riesigen Ablageschranks aussah.

»Nicht identifiziert«, sagte er und zog das Fach heraus.

Glatt und geräuschlos rollte die Lade auf. Der Beamte schlug das grobe weiße Tuch zurück, das die Leiche bedeckte.

»Obduktionsbefund liegt noch nicht vor«, sagte er und fügte mit einem Grinsen hinzu: »Muß warten, bis er an die Reihe kommt, wie jeder andere auch. War eine ereignisreiche Nacht: zwei Erstickungsfälle aus Brooklyn, ein mit einem Eispicker Erstochener, ebenfalls aus Brooklyn, drei Vergiftungen, einer mit Ätznatron ...«

Grave Digger schnitt ihm das Wort ab. »Uns läufts kalt über den Rücken.«

Coffin Ed faßte den Barmann am Arm und schob ihn näher heran. »Mein Gott«, stöhnte der Barmann und bedeckte das Gesicht mit den Händen.

»Sehen Sie ihn sich an, verflucht noch mal!« fuhr Coffin Ed ihn an. »Wozu haben wir Sie sonst hergebracht! Damit Sie sich grausen, bloß weil Sie mal nen Steifen sehen?«

Trotz seines Entsetzens kicherte der Barmann. Grave Digger streckte die Hand aus und zog ihm die Hände vom Gesicht. »Wer ist das?« fragte er ihn kalt.

»Wie soll ich das wissen?« Der Barmann sah aus, als wollte er in Tränen ausbrechen. »Lieber Gott im Himmel, sehen Sie doch mal sein Gesicht an.«

»Wer ist das?« wiederholte Grave Digger schroff.

»Woran soll ich ihn denn erkennen ? Ich kann sein Gesicht doch nicht sehen. Es ist ganz voll Blut.«

»Wenn Sie in ein oder zwei Stunden wiederkommen, ist er sauber«, versprach der Beamte des Leichenschauhauses.

Grave Digger packte den Barmann im Nacken und drückte ihm den Kopf über die Leiche.

»Verdammt, um ihn zu erkennen, brauchen Sie doch sein Gesicht nicht zu sehen«, knurrte er wütend. »Wer ist das? Ich frage zum letztenmal.«

»Es ist Black Beauty«, flüsterte der Barmann. »Das, was von ihm übrig ist.« Grave Digger ließ ihn los, damit er sich aufrichten konnte. Der Barmann schauderte.

»Nehmen Sie sich zusammen«, sagte Grave Digger.

Der Barmann sah ihn aus flehend aufgerissenen Augen an.

»Wie heißt er mit seinem richtigen Namen?« fragte Grave Digger.

Der Barmann schüttelte den Kopf.

»Eine letzte Chance«, warnte Grave Digger.

»Ich weiß es wirklich nicht«, beteuerte der Barmann.

»Einen Dreck wissen Sie das nicht!«

»Nein, Sir, ich schwöre es. Wenn ichs wüßte, würd ichs sagen.«

Der Wärter sah den Barmann mitfühlend an. Er wandte sich an Grave Digger und sagte ungehalten: »Sie können hier keinen Festgenommenen im dritten Grad verhören.«

»Und Sie können ihm nicht helfen«, erwiderte Grave Digger.

»Gehen wir mit ihm raus«, sagte Coffin Ed.

Detektiv Tombs hatte die Szene fasziniert beobachtet. Sie brachten den Zeugen wieder zu ihrem Wagen und setzten ihn neben Detektiv Tombs auf den Rücksitz.

»Wer ist Mister Baron?« fragte Grave Digger.

Der Barmann wandte sich flehend an den weißen Detektiv. »Wenn ichs wüßte, würd ichs Ihnen sagen.«

»Lassen Sie mich in Ruhe«, entgegnete Tombs. »Die Hälfte von alldem ist für mich Griechisch.«

»Hör mal zu, Söhnchen«, sagte Coffin Ed zu dem Barmann. »Machs dir nicht unnötig schwer.«

»Aber ich kenn diese Leute doch nur aus der Bar«, beteuerte der Barmann. »Was sie sonst machen, weiß ich nicht.«

»Dann ists dein Pech«, antwortete Grave Digger. »Für das, was du nicht weißt, wirst du aufgehängt.«

Wieder suchte der Barmann bei dem weißen Detektiv Hilfe. »Bitte, Sir. Ich will mich in die üble Geschichte nich reinziehen lassen. Ich hab eine Frau und Kinder.«

Die Scheiben des kleinen, engen Wagens hatten sich beschlagen. Das Gesicht des Detektivs war nicht zu erkennen, seine Verlegenheit war aber deutlich spürbar. »Heulen Sie mir nicht die Ohren voll«, sagte er schroff. »Ich hab Ihnen nicht gesagt, daß Sie heiraten sollen.«

Plötzlich kicherte der Barmann wieder. Empfindungen explodierten. Der weiße Detektiv fluchte. Grave Digger schlug mit seiner fleischigen Handkante hart auf das Lenkrad. Die Muskeln in Coffin Eds Gesicht zuckten.

Grave Digger kurbelte sein Fenster herunter.

»Wir brauchen hier drin frische Luft«, sagte er.

Der Barmann begann zu weinen.

»Um was geht es eigentlich?« fragte der weiße Detektiv.

»Der Mann, der bei dem Überfall getötet wurde und der Mann, den wir gerade gesehen haben, waren sozusagen jung verheiratet«, antwortete Grave Digger. »Der da ...«, er deutete mit dem Kopf auf den Barmann, »... ist Snake Hips' Verflossener.«

»Wie haben Sie das herausbekommen?«

»Einfach zusammengereimt. Die gehören alle zu einem großen Verein. Aber man muß das kennen. Es ist genauso wie nach dem Krieg in Paris. Wir farbigen Soldaten, gleichgültig, was wir für einen Rang oder Dienstgrad hatten, gehörten alle zum gleichen Haufen.

Wir trieben uns in den gleichen Lokalen herum, aßen die gleichen Gerichte, erzählten die gleichen Witze, legten die gleichen Schnepfen aufs Kreuz. Es gab nichts, was einer von uns unternehmen konnte, ohne daß der ganze gottverdammte Haufen es erfuhr.«

»Ah ja, ich verstehe. Aber um was gehts jetzt?«

»Da sind wir noch nicht ganz dahintergekommen«, gab Grave Digger zu. »Wahrscheinlich hat eins nichts mit dem anderen zu tun. Wir versuchen nur herauszukriegen, wer wohin gehört. Und der dahinten wird uns dabei helfen. Oder es geht ihm schlecht.«

»Nicht, ehe ich mit ihm fertig bin«, widersprach der weiße Detektiv. »Mein Boss will, daß er sich ein paar Bilder in unserer Galerie ansieht. Vielleicht kann er die Banditen identifizieren oder wenigstens einen.«

»Wie lange dauert das?« fragte Coffin Ed.

»Ein paar Stunden, vielleicht ein paar Tage. Wir können nicht eure Methoden anwenden. Wir können ihn nur zwingen, sich Bilder anzusehen, bis er blind ist.«

Grave Digger drückte hart auf den Anlasser. »Wir bringen Sie zur Centre Street.«

Der Detektiv und sein Zeuge stiegen vor dem neuen Flügel aus, einem flachen Trakt gegenüber dem Kuppelbau des Präsidiums.

Coffin Ed beugte sich aus dem Fenster und sagte: »Wir warten auf dich, Süßer.«

Als sie ihr Viertel erreichten, war die Windschutzscheibe mit einer viertelzölligen Eisschicht bedeckt. Entgegenkommende Scheinwerfer glichen Schemen, die aus dem Meer auftauchten.

Es war drei Uhr vorbei. Sie hatten die Friedhofsschicht von acht Uhr abends bis vier Uhr morgens, und um diese Zeit nahmen sie gewöhnlich Kontakt mit ihren Pfeifern auf. Aber in dieser Nacht waren selbst die Pfeifer in Deckung gegangen.

Leutnant Anderson wartete schon auf sie. Er hatte das Büro des Captains übernommen und brütete über Meldungen.

Als sie gebeugt und aschgrau vor Kälte hereinkamen, begrüßte er sie mit den Worten: »Wir haben etwas über den toten Privatdetektiv herausgefunden. Er hieß Paul Zalkin.«

Coffin Ed zog sich in die Ecke bei der Heizung zurück, und Grave Digger hockte sich auf die Schreibtischkante. Sie waren ernst und gespannt.

»Hat Casper Holmes schon gesprochen?« fragte Grave Digger.

»Nein, er ist noch bewußtlos. Aber Leutnant Brogan hat die Agentur Pinkerton erreicht und Auskunft über Zalkins Auftrag bekommen. Der Sekretär des Nationalkomitees von Holmes' Partei kam gestern am frühen Abend zu Casper ins Büro und hinterließ bei ihm Fünfzigtausend in bar für die Organisation bei der nächsten Präsidentenwahl im Herbst. Holmes deutete ihm gegenüber an, er wolle das Geld lieber mit nach Haus nehmen, als es übers Wochenende im Bürosafe zu lassen. Ihr wißt ja, er wohnt in einem der alten Apartmenthäuser in der 110th Street, von dem man den Central Park überblicken kann.«

»Wir wissen schon, wo er wohnt.«

»Also gut. Dem Sekretär kamen Bedenken, nachdem er Holmes' Büro verlassen hatte. Deshalb rief er die Agentur Pinkerton an und beauftragte sie, einen Mann zu schicken, der Holmes auf dem Weg nach Haus bewachen sollte. Der Sekretär wollte aber nicht, daß Holmes auf den Gedanken käme, er lasse ihm nachspionieren, und verlangte also, daß der Mann sich außer Sicht hielt. Deshalb war Zalkin am Tatort, als der Überfall stattfand.«

»Wieviel Zeit verging zwischen dem Abgang des Sekretärs und dem Überfall?« fragte Grave Digger und runzelte nachdenklich die Stirn über einen Einfall.

»Die Agentur erhielt den Anruf um zehn Uhr zwanzig.«

»Dann muß jemand schon vorher über die Auszahlung Bescheid gewußt haben«, sagte Grave Digger. »In dieser kurzen Zeit kann niemand einen Überfall organisieren.«

»Nicht mal an einem ganzen Tag«, bestätigte Coffin Ed. »Die Leute waren Profis. Und Profis kann man nicht einfach bestellen wie Lebensmittel. Vielleicht haben sie die Uniformen schon vorher gehabt, aber den Wagen mußten sie sich erst besorgen ...«

»Er ist noch nicht als gestohlen gemeldet worden«, unterbrach Anderson.

»Ich hab den Verdacht, daß diese Burschen von außerhalb sind«, fuhr Coffin Ed fort. »Kein einheimischer Bandit würde sich die 125th Street für einen Überfall aussuchen, jedenfalls nicht diesen Teil. Sie konnten sich nicht darauf verlassen, daß das Wetter die Erdschweine in ihre Löcher trieb. Und normalerweise wimmelt dieser Block mit seinen Bars und Restaurants von Fußgängern.«

»Das hilft uns nicht weiter«, sagte Anderson. »Wenn sie von außerhalb sind, sind sie jetzt sicher schon lange verschwunden.«

»Vielleicht«, sagte Grave Digger. »Vielleicht auch nicht. Wenn diese Geschichte mit der Unfallflucht nicht wäre, würde ich es beinahe glauben.«

Anderson warf ihm einen überraschten Blick zu. »Was soll denn das heißen, Jones? Glauben Sie, daß da ein Zusammenhang besteht?«

Coffin Ed grunzte Unverständliches.

»Wer weiß«, meinte Grave Digger. »Beide Fälle haben etwas besonders Bösartiges an sich, und in einer so kalten Nacht laufen in Harlem nicht allzu viele bösartige Figuren herum.«

»Mein Gott, Mann, Sie wollen doch nicht behaupten, daß dieser Verkehrsunfall vorsätzlich geschah?«

»Außerdem wurden in beiden Fällen warme Brüder umgebracht«, fuhr Grave Digger fort. »Solche Zufälle passieren nicht so ohne weiteres.«

»Der Mann, der Black Beauty überfahren hat, konnte unmöglich ahnen, daß sein Opfer ein Mann war«, argumentierte Anderson.

»Falls er nicht schon vorher wußte, wer er war und welches finstere Geschäft er vorhatte«, meinte Grave Digger.

»Und was soll das für ein Geschäft gewesen sein?«

»Fragen Sie mich nicht. Ich habe nur so eine Vermutung.«

»Verdammt, Mann, tun Sie nicht so geheimnisvoll«, knurrte Anderson. »Was ist mit Ihnen, Johnson? Sind Sie auch dieser Meinung?«

»Ja«, bestätigte Coffin Ed. »Ich und Digger haben aus derselben Flasche getrunken.«

»Also, dann will ich euch noch die letzten Fakten mitteilen, ehe ihr euch an eurer Mystik völlig besauft. Die zwei Polizisten Stick und Price, die es für einen Witz hielten, als sie meldeten, daß sie von einer selbstgebastelten fliegenden Untertasse umgeworfen wurden, haben zugegeben, daß es ein Autorad gewesen ist, das sich selbständig gemacht hatte und die Convent Avenue heruntergerollt kam. Sagt Ihnen das etwas?«

Grave Digger sah auf seine Uhr. Es war fünf vor vier.

»Nichts, was nicht bis morgen Zeit hat«, antwortete er. »Wenn ich meiner Alten was von Autorädern erzähle, laufe ich Gefahr, mein trautes Heim zu verlieren, so fett wie sie geworden ist.«

8

Als Roman das Castle an der Gabelung St. Nicolas Place und St. Nicolas Avenue erreichte, trat er scharf auf die Bremse.

Sassafras segelte mit dem Kopf voraus gegen die Windschutzscheibe, und der bewußtlose Mister Baron rollte vom Rücksitz herunter und fiel mit einem Plumps auf den Boden.

»In welche Richtung sin die weiter?« fragte Roman und griff nach dem Revolver neben ihm auf dem Sitz.

Sassafras richtete sich auf, rieb sich die Stirn und drehte sich wütend zu ihm. »Was fragste mich? Ich hab nich gesehn, wo die hin sin. Vielleich mitten in die Stadt. Woher soll ichs wissen?«

»Ich hab gesehn, daß sie nach außen gebogn sin«, widersprach er, während seine schielenden Augen gleichzeitig in beiden Richtungen die Straße entlangzuspähen schienen.

»Fahr schon weiter«, drängte Sassafras mit ihrer schrillen Stimme.

Der Plumps hatte Mister Baron wiederbelebt, und sie konnten ihn auf dem Boden des Wagens hinter sich stöhnen hören. »O Gott ... Jesus Christus ... die dreckigen Schurken ...«

Roman schaltete den Gang wieder ein und fuhr langsam an den Reihen der Ziegelhäuser um den St. Nicolas Place vorbei.

Mister Baron packte die Rücklehne der Vordersitze und zog sich auf die Knie hoch. Sein langes, welliges Haar hing ihm in die Stirn, seine Augen rollten haltlos in ihren Höhlen.

»Laßt mich raus«, stöhnte er. »Mir wird schlecht.«

Roman hielt vor einem roten Ziegelbau mit kannelierter Fassade an. Große neue Wagen säumten den Straßenrand.

»Schnauze«, sagte er grob. »Wenn Sie nich wärn, wär ich nie weggefahrn, nachdem ich die alte Frau angefahrn hatte.«

Mister Barons Mund füllte sich, aber er hielt es zurück. »Mir wird schlecht«, blubberte er.

»Laß ihn raus«, drängte Sassafras. »Wenn du auf mich gehört hättst, wär das alles nich passiert.«

»Steig aus, Mann«, schrie Roman, »oder soll ich dir Beine machn?«

Mister Baron öffnete die Tür auf der Seite zum Gehsteig und torkelte hinaus. Benommen schwankte er zu einem Laternenpfahl. Roman sprang auf der anderen Seite heraus und folgte ihm.

Mister Baron klammerte sich an den Latemenpfahl und würgte. Dampf stieg auf. Roman wich zurück.

»Lieber Gott im Himmel«, stöhnte Mister Baron.

Roman wartete, bis er fertig war, und packte ihn dann am Arm. Mister Baron versuchte schwächlich, sich frei zu machen.

»Lassen Sie mich los. Ich muß mal telefonieren gehen«, sagte er.

»Solang ich mein Wagen nich hab, gehn Sie nirgens hin«, murrte Roman und zog Mister Baron zu dem Buick zurück.

Mister Baron wehrte sich, obwohl er sich kaum auf den Beinen zu halten vermochte. Schmerzhafte Blitze schossen durch seinen Kopf, und er konnte nicht klar sehen. »Idiot! Wie kann ich Ihnen helfen, Ihren Wagen zu suchen, wenn Sie mich nicht telefonieren lassen wollen? Ich will die Polizei anrufen und melden, daß der Wagen gestohlen wurde.« Seine Stimme klang verzweifelt.

»Nein, das tun Sie nich. Sie sagn der Polizei nichs«, erwiderte Roman, stieß ihn hinten in den Wagen und schlug die Tür zu. Er ging um den Buick herum und kletterte wieder hinters Lenkrad. »Denkn Sie, ich will verhaft werdn?«

»Das waren keine richtigen Polizisten, Idiot«, erklärte Mister Baron.

»Ich weiß selbs, daß das kein Polizissn warn. Haltn Sie mich für so dumm? Aber wozu soll'ch der richtigen Polizei von der überfahrnen alten Frau erzähln?«

»Sie haben die alte Frau gar nicht verletzt. Ich habe mich umgesehen und gesehen, wie sie aufgestanden ist.«

Roman starrte Mister Baron an, während er das verdaute. Auch Sassafras drehte sich nach Mister Baron um.

»Sie habn gewußt, daß ich ihr nichts getan hab, und habn mir gesagt, ich soll weiterfahrn?« Roman klang bedrohlich.

Mister Baron rutschte nervös auf seinem Platz hin und her. »Ich wollte Sie ja anhalten, aber ehe ich was sagen konnte, kamen diese Banditen und nutzten unsere Situation aus.«

»Woher soll ich wissn, daß Sie nich mit dazugehörn?«

»Was soll das heißen?«

»Die habn mein Wagen gestohln. Woher soll ich wissn, daß Sie denen nich gesagt habn, sie solln das tun?«

»Sie sind ein Dummkopf«, schrie Mister Baron.

»So dumm isser gar nich«, widersprach Sassafras. »Dumm oder nich, ich halt Sie fest, bis ich mein Wagen wiederhab«, erklärte Roman. »Und wenn Sie den nich wiederfindn, nehm ich ihnen mein Geld wieder ab.« Mister Baron brach in hysterisches Gelächter aus. »Na, los doch, nehmen Sie es. Durchsuchen Sie mich. Verprügeln Sie mich. Sie sind groß und stark.«

»Ich hab ein ganz Jahr für das Geld gearbeit.«

»Sie haben ein ganzes Jahr gearbeitet und sechstausend und fünfhundert Dollar gespart …«

»Das is fast jeder Penny, den ich verdient hab. Ich hab nich mal gegessn«, schrie Roman.

»Damit Sie den Cadillac kaufen konnten? Ein gewöhnlicher Cadillac war für Sie nicht gut genug, was? Sie mußten einen aus Gold haben. Und ich bin … ich bin … ich bin der Mann, der Ihnen den Wagen verkauft hat. Für tausend Dollar unter Preis. Hahaha! Zwanzig Minuten lang haben Sie ihn gehabt, und dann haben Sie ihn sich stehlen lassen …«

»Mann, was is los? Sin Sie verrückt geworn?«

»Und jetzt wollen Sie von mir Ihr Geld zurückhaben! Hahaha! Na los doch. Schlagen Sie mich. Schneiden Sies mir aus der Haut. Wenn Ihnen das nicht genügt, dann schmeißen Sie mich doch hin und vergewaltigen Sie mich.«

»Hören Sie auf damit. Ich will so was nich hörn.«

»Ach, das wollen Sie nicht hören? Sie verdammter, hirnverbrannter Dummkopf.«

»Schluß jetz, oder ich schlag zu!«

»Schlag zu. Na los doch!« Mister Baron schob seinen femininen Kopf vor Romans finsteres Gesicht. »Versuch doch, sechstausendfünfhundert Dollar aus mir rauszuschlagen!«

»Brauch ich gar nich. Ich schmeiß Sie einfach um und nehms mir.«

»Dann schmeiß mich um und nimms dir. Mir würde das Spaß machen.«

Sassafras mischte sich ein. »Brauch ihn kein Spaß machn, weil er Ihnen doch nur Geld abnimmt.«

»Verflucht noch mal, was habt ihr beiden Dummköpfe nur gemacht, als die Banditen mich niedergeschlagen und ausgeraubt haben?« fragte Mister Baron wütend.

»Sie niedergeschlagn?« fragte Roman dümmlich.

»Mann, was is mit Ihnen los?« kam Sassafras' Echo.

»Die habn Sie ausgeraubt? Ihn mein Geld abgenommn?«

»Es war mein Geld«, verbesserte Mister Baron. »Der Wagen gehörte Ihnen und das Geld mir.«

»Lieber Gott«, sagte Roman. »Die habn den Wagn un das Geld!«

»Na, endlich begreifst du Dummkopf. Läßt du mich jetzt telefonieren?«

»Nein, tu ich nich. Ich hol Sie jetz raus und durchsuch Sie. Ich bin vielleicht dumm, aber ich hab Ihn von Anfang an nich getraut!«

»Soll mir recht sein«, antwortete Mister Baron und wollte auf der Seite zum Gehsteig aussteigen.

Aber Roman drehte sich um, griff nach hinten, packte ihn und zwang ihn, auf der Seite der Fahrbahn auszusteigen. Dann stieg er auch aus und begann, ihn zu durchsuchen.

»Paß auf, Roman«, warnte Sassafras. »Hier kann einer vorbeikomm und glaubn, daß du ihn ausnimmst.«

»Die solln glaubn, was sie wolln«, antwortete Roman und drehte Mister Barons Taschen um.

»Soll ich mich vielleicht ausziehen?« fragte Mister Baron.

Roman durchsuchte die Taschen, eine nach der anderen, und tastete Mister Barons Anzug ab. Dann strich er mit den Händen über dessen Körper, die Beine hinauf und hinunter und faßte ihm unter die Arme.

»Er hats nich bei sich«, räumte er schließlich ein.

»Laß ihn telefoniern«, riet Sassafras. »Er behauptet, daß du die alte Dame nich verletz has, un ich kann beschwörn, da du sie nich mal berührt has.«

Roman stand auf der Straße und überlegte. Mister Baron stand neben ihm und beobachtete sein Gesicht.

»Gut, steigen Sie ein«, befahl Roman.

Mister Baron setzte sich wieder in den Wagen.

Roman sprach mit ihm durch das Fenster. »Sie kenn die Gegend hier. Wo werden die am ehsten mit mein Wagn hin sein? So leicht könn sien ja nich versteckn.«

»Das weiß Gott allein«, antwortete Mister Baron. »Lassen Sie die Polizei danach suchen. Dafür wird sie bezahlt.«

»Das muß ich mir noch überlegn«, meinte Roman.

»Wie lange?« fragte Sassafras.

»Also, ich will Ihn was sagn«, begann Roman. »Sie gehn die Polizei anrufn und sagn, daß es Ihr Wagen is. Wenn die ihn dann finden, zeig ich mein Kaufvertrag vor.«

»Einverstanden«, antwortete Mister Baron. »Kann ich jetzt aussteigen?«

»Nein, das könn Sie nich. Ich bring Sie zu eim Telefon, und wenn Sie mit der Polizei telefoniert ham, suchen wir weiter. Ich laß Sie nich gehn, bis wer ihn gefundn hat.«

»Also gut«, fügte sich Mister Baron. »Ganz, wie Sie wollen.«

»Wo is hiern Telefon?«

»Fahren Sie die Straße entlang bis zu *Bowman's Bar.*«

Die eine Seite von *Bowman's* war die Bar, die andere das Restaurant. Neben dem Restaurant lag ein Friseur, über der Bar ein Tanzlokal. Alle waren geöffnet. Im Hinterzimmer des Friseurs war ein Würfelspiel im Gange, und im Tanzlokal veranstaltete ein Verein seinen Tanzabend. Aber keine Menschenseele war draußen zu sehen. Auf der Straße war nichts als kalte, dunkle Nacht.

Roman hielt neben der Reihe parkender Wagen vor der Glasfassade der Bar. Jalousien verhinderten, daß man hineinsehen konnte.

»Geh du mit, Sassy«, sagte er. »Laß ihn nich ausn Augen.«

Die Bar verlief der Länge nach durch den Raum. Ihr gegenüber lag eine Reihe von Nischen. Die Gäste standen zwei und drei Reihen tief.

Sassafras ging vor Mister Baron her, bahnte sich mit den Ellbogen den Weg durch das Gedränge. Sie blieb stehen und drehte sich um.

»Wo is das Telefon?«

»Im Restaurant«, antwortete Mister Baron. »Wir müssen ganz nach hinten durch.«

»Gehn Sie vor«, sagte Sassafras und drängte sich zur Seite, damit er vorbeikonnte.

Einer der Männer auf einem Barhocker faßte nach der Quaste an ihrer Mütze. »Klein Rotkäppchen«, krähte er. »Wie wärs?«

Sie riß ihm die Mütze aus der Hand. »Versuchs mit deiner Baby-Schwester«, antwortete sie wütend.

Der Mann fuhr mit gespieltem Entsetzen zurück. »So was tu ich doch nicht.«

»Dann krabbel dich selbs an den Füßen«, sagte sie.

Der Mann grinste. »Wie wärs mit nem Drink?«

Plötzlich erinnerte sie sich an Mister Baron und wollte weiter. Der Mann faßte sie am Arm und hielt sie zurück.

»Warum die Eile, Baby?«

Sie riß sich los und drängte sich hastig nach hinten. Glastüren führten in das Restaurant, und sie stieß mit einer Kellnerin zusammen, als sie hindurchging. Die Telefonzelle befand sich links im Hintergrund. Die Tür war geschlossen. Sie riß sie auf. Ein Mann telefonierte, aber es war nicht Mister Baron.

»Tschuldigung«, sagte sie.

»Kommen Sie ruhig rein«, sagte der Mann und griff nach ihr.

Sie fuhr zurück und sah sich wild nach allen Seiten um. Sie hielt die Kellnerin an, als sie zurückkam.

»Ham Sie hier ein klein schickn Mann mit gewellten Haar durchkomm sehn?« fragte sie.

Die Kellnerin musterte sie von oben bis unten. »Hastes so nötig, Baby?«

»Quatsch nich so dumm!« schrie sie wütend und schoß durch die Pendeltür, die in die Küche führte.

Der große, schwitzende, kahlköpfige Koch war auf dem Siedepunkt. »Verschwinde, dämliche Nutte!» schrie er wütend. Der Tellerwäscher grinste. »Komm an die Hintertür«, sagte er.

Der Koch packte eine Pfanne und ging auf sie los, und sie entfloh. Sie suchte den Speiseraum und die Bar ab, aber Mister Baron blieb verschwunden.

Sie ging hinaus und sagte zu Roman: »Er is weg!«

»Wohin?«

»Weiß nich. Er is mir fortgelaufn.«

»Wo, zum Teufel, bisse gewesen?«

»Ich hab ihn die ganze Zeit beobacht, aber er is einfach verschwundn.» Sie sah aus, als ob sie gleich weinen wollte.

»Steig ein. Ich such selbs nach ihm«, sagte er.

Jetzt war sie an der Reihe, im heißesten Wagen des ganzen Staates New York zu sitzen, während er die Bar und das Restaurant nach Mister Baron absuchte. Mit dem Koch hatte er nicht mehr Glück als sie.

»Er muß durch die Küche raus sein«, sagte er, als er zurückkam.

Er setzte sich wieder hinter das Lenkrad und machte ein ratloses Gesicht. »Du hasn weglaufn lassn, und was machn wir jetz?« fragte er anklagend.

»Is doch nich mein Schuld, daß wir in der Schweinrei steckn«, fuhr sie auf. »Wenn du dich nich von vomrein so dumm angestellt häts, war alles nich passiert.«

»Ich weiß, was ich tu. Ich hab versucht, mich dumm zu stelln, damit er mich für dumm hält, wenn em krumms Ding drehn will.«

»Also, das hasse geschafft«, bestätigte sie.

»Kein Zweck, daß wir uns streitn«, meinte er. »Wir müssn uns was überlegn.«

»Also, dann wolln wir zu eim Wahrsager«, antwortete sie. »Ich kenn ein, der Leuten sagt, wo sie ihr Verlorenes findn.«

»Dann aber schnell«, sagte er. »Den Wagn hier müssen wir losham, ehs hell wird. Der is heißer als'n Herd in Westvirginia.«

9

Grave Digger und Coffin Ed knöpften gerade ihre Mäntel zu, als das Telefon im Büro des Captain klingelte. Leutnant Anderson nahm den Anruf entgegen und blickte auf. »Es ist für euch.«

»Ich nehms«, sagte Grave Digger und griff nach dem Hörer. »Hier Jones.«

Die Stimme am anderen Ende sagte: »Ich bins, Lady Gypsy, Digger.«

Grave Digger wartete.

»Ihr sucht doch einen bestimmten Wagen, oder? Einen schwarzen Buick mit einer Yonkers-Nummer?«

»Woher wissen Sie das?«

»Ich bin doch Wahrsagerin, oder etwa nicht?«

Grave Digger winkte Coffin Ed, sich einzuschalten, und klopfte auf die Gabel. Coffin Ed griff nach dem Nebenapparat auf dem Schreibtisch, Leutnant Anderson nach einem weiteren. Der Mann am Klappenschrank wußte, was er zu tun hatte.

»Wo ist er?« fragte Grave Digger.

»Steht in voller Größe unten auf der Straße vor meiner Wohnung«, antwortete Lady Gypsy.

Grave Digger hielt die Sprechmuschel zu und nannte flüsternd eine Adresse in der 116th Street. Anderson schaltete die Sprechanlage ein und befahl dem Sergeanten an der Vermittlung, sämtliche Streifenwagen zu alarmieren und auf weitere Anweisungen zu warten.

»Wer sitzt drin?« fragte Grave Digger.

»Im Augenblick keiner«, antwortete Lady Gypsy. »Aber ich hab hier oben einen Schwachkopf mit seinem Mädchen sitzen, die sind damit gekommen. Sie erzählen eine wilde Geschichte von einem Cadillac ...«

»Sparen Sie sich die«, unterbrach Grave Digger, »aber halten Sie die beiden fest, und wenn Sie Gespenster zu Hilfe rufen müssen. Ich und Ed sind bei Ihnen, noch ehe Sie bis drei gezählt haben.«

»Ich schicke die Streifenwagen los«, sagte Anderson. »Geben Sie uns drei Minuten Vorsprung, und lassen Sie dann den Block abriegeln. Aber sie sollen ohne Sirene und ohne Blinklicht kommen.«

Lady Gypsys Wohnung lag im ersten Stock eines Wohnhauses in der 116th Street, in der Mitte zwischen Lexington und Third Avenue. Im Erdgeschoß war ein Laden, der mit Eis und Kohlen handelte. Neben dem Eingang hing ein gemaltes Blechschild mit der Aufschrift:

Lady Gypsy
Zukunftswahrnehmungen –
Voraussagen
Prophezeiungen – Offenbarungen
Lottozahlenberatung
Auffindung von Verlorenem

Das letzte war erst kürzlich hinzugefügt worden. Die Geschäfte waren schlecht gegangen.

Früher einmal hatte Lady Gypsy ein höchst respektables Privatleben in einem alten düsteren Haus an der oberen Convent Avenue geführt. Zusammen mit ihren vertrauten Lebensgefährten hatte sie dort gelebt: mit Schwester Gabriel, die Einlaßkarten zum Himmel verkaufte und um Almosen für wohltätige Zwecke bettelte, die es nicht gab, und Big Kathy, die ein Freudenhaus an der East 113th Street betrieb. Bei ihren farbigen Nachbarn waren sie als »die drei schwarzen Witwen« bekannt. Als aber Schwester Gabriel von einem der drei Verbrecher, die Coffin Ed Säure ins Gesicht geschüttet hatten, die Kehle durchschnitten worden war, gaben die beiden übriggebliebenen Witwen das Haus auf, verzichteten für die Zukunft auf Respektabilität und zogen sich in ihre jeweilige Lasterhöhle zurück.

Jetzt ließ sich Lady Gypsy selten außerhalb ihrer mit Plunder überladenen Fünfzimmerwohnung sehen, in der sie Kontakt mit Geistern pflegte und manchmal die Eingeweihten aus einer anderen Welt mit Massagen behandelte.

Bei freier Straße war es vom Revier in der 126th Street bis zu Lady Gypsys Wohnung eine Fahrt von fünf Minuten, aber Grave Digger schaffte es wie versprochen in drei. Eisschnee wirbelte durch die Straßen wie trockener Sand und ließ die Reifen sirren. Der Wagen schleuderte nicht gerade, aber er schwamm. Grave Digger fuhr nach dem Gedächtnis durch die Straßen, die Scheinwerfer voll aufgeblendet, mehr, um gesehen zu werden, als um selbst zu sehen, denn was er durch seine Windschutzscheibe wahrnahm, war so klar, als ob er durch Milchglas blickte. Seine Sirene schwieg.

Ein Streifenwagen parkte vor Lady Gypsys Haus, aber von dem Buick war keine Spur zu entdecken.

»Anderson hat nicht Wort gehalten«, sagte Coffin Ed.

»Vielleicht haben sie ihn schon geschnappt«, antwortete Grave Digger ohne viel Hoffnung.

Der kleine Wagen kam ins Rutschen, als er bremste, und krachte gegen die hintere Stoßstange des Streifenwagens. Sie sprangen heraus, ohne einen Gedanken darauf zu verschwenden. Coffin Ed rannte voran, mit wehendem Mantel, seinen Revolver in der Hand. Grave Digger rutschte aus, als er hinter dem Wagen herumlief, und knallte mit dem Griff seiner Waffe auf den Deckel des Kofferraums. Coffin Ed fuhr herum und sah, wie Grave Digger sich aus dem Rinnstein erhob.

»Du verschickst noch Ankunftstelegramme«, schimpfte Coffin Ed.

»Ich hab heute nicht meine beste Nacht«, gab Grave Digger zu.

Ein Streifenwagen bog in der Ferne um die Ecke, mit laut gellender Sirene und rot blinkendem Alarmlicht.

»Spielt jetzt auch keine Rolle mehr«, sagte Coffin Ed wütend und nahm von den schwachbeleuchteten Stufen der Treppe immer zwei auf einmal.

Oben an der Treppe fanden sie neben der Wohnungstür einen uniformierten Polizisten mit gezogener Waffe, ein weiterer stand im Schatten auf der Treppe, die weiter hinaufführte.

»Wo ist der Wagen?« fragte Coffin Ed.

»War gar keiner da«, antwortete der Polizist.

Grave Digger fluchte. »Was machen Sie hier überhaupt?«

»Der Leutnant hat befohlen, die Wohnung zu umstellen und auf Sie zu warten.«

»Und was soll sie abhalten, hinten raus zu verschwinden?«

»Joe und Eddie bewachen den Hinterausgang.«

Grave Digger konnte ihn wegen der unten auf der Straße jaulenden Sirene nicht verstehen.

»Was ist mit der Hintertür?« brüllte er.

»Wird bewacht«, brüllte der Polizist zurück. »Dann wollen wir mal sehen, was hier los ist«, brüllte Grave Digger.

Da die Sirene gerade zu einem Winseln erstarb, dröhnte seine Stimme in dem engen Treppenhaus wie die Baritonpfeife einer Orgel.

»Keine Bewegungl« schrie eine Stimme von unten.

Zwei Polizisten kamen die Treppe herauf gestampft.

»Operette ist nichts dagegen«, meinte Coffin Ed.

Ihre Waffen schußbereit in den Fäusten tauchten die Polizisten des zweiten Streifenwagens auf. Beim Anblick ihrer Kollegen erstarrten sie und liefen beide leuchtend rosa an.

»Wir wußten nicht, daß schon jemand hier ist«, sagte der eine.

»Sie wollten also nur sichergehen, für den Fall, daß …?« meinte Coffin Ed.

Grave Digger drückte auf den Klingelknopf neben der Tür. Im Inneren der Wohnung ertönte fern eine Klingel. »Klingeln klingen immer so, als ob sie meilenweit weg sind«, sagte er.

Die Polizisten sahen ihn neugierig an.

Niemand kam an die Tür.

»Lassen Sie mich das Schloß aufschießen«, sagte einer der Polizisten.

»Die Schlösser hier kann man nicht aufschießen«, antwortete Grave Digger. »Sehen Sie sich das doch an. Die Tür hat mehr Schlösser als Fort Knox, und an der Innenseite sind noch ein paar dazu.«

»Kann sein, daß nur eins abgeschlossen ist«, meinte Coffin Ed. »Wenn hier jemand rausgekommen ist, der keine Schlüssel hatte …«

»Richtig«, gab Grave Digger zu. »Ich bin zu müde, um zu denken.«

Einer der Polizisten zog eine Augenbraue hoch, aber Grave Digger merkte es nicht.

»Macht Platz«, sagte Coffin Ed.

Alle wichen zur Seite.

Coffin Ed trat bis an die gegenüberliegende Wand zurück, senkte seinen langläufigen .38er und setzte vier Kugeln um das Schnappschloß. Die Schüsse ließen die Treppenhausfenster erklirren, und Türen an dem Gang, der nach hinten führte, wurden einen Spalt geöffnet. Aus allen Richtungen erklangen scharrende Geräusche wie von Ratten, die ein Schiff verlassen.

»Versuchen wirs« sagte Coffin Ed und hustete in dem beißenden Qualm des Kordit, der das Treppenhaus füllte.

Die scharrenden Geräusche verstummten.

Er und Grave Digger warfen sich mit der linken Schulter gegen die Tür und taumelten in den Raum, der dahinter lag. Es war ein Wartezimmer. Wacklige Küchenstühle flankierten die gegenüberliegende Wand. Ein fleckiger, abgetretener, dunkelblauer Teppich bedeckte den Boden. In der Mitte schien eine runde Tischplatte in der Luft zu schweben. Sie wurde von vier dünnen Stahlkabeln gehalten, die an der Decke befestigt und in der schwachen Beleuchtung nahezu unsichtbar waren. Auf dem Tisch stand eine schauerlich anzusehende Gruft aus stumpfgrauem Pappmache, und aus dieser Gruft erhob sich der Geist Jesu Christi.

Coffin Ed konnte sich gerade noch auffangen, aber Grave Digger taumelte mit solcher Wucht gegen den hängenden Tisch, daß die Platte samt Gruft umkippte und der Geist durch den Raum segelte, als ob der Böse hinter ihm her wäre.

Die uniformierten Polizisten, die ihnen folgten, sahen sich aus weit aufgerissenen Augen konsterniert an.

Jemand begann laut an die Hintertür zu hämmern. Eine weitere Klingel ertönte schrill.

»Stop!« brüllte Grave Digger. Der Lärm erstarb.

Die Wände des Raums waren mit einem verblichenen blauen Himmel tapeziert und mit Sternbildern übersät. Dem Eingang gegenüber war eine Doppeltür, von einem blaßroten, mit goldenen Zeichen des Tierkreises geschmückten Vorhang halb verdeckt.

Coffin Ed trat über den Tisch hinweg und schob die Tierkreiszeichen auseinander. Sie befanden sich im Seancen-Raum. Eine Kristallkugel stand auf einem verhängten Tisch. Alle vier Wände waren mit dunklem, schimmerndem Stoff bedeckt, auf dem Sterne, Monde, Sonnen, Geister, Dämonen, Tiere, Engel, Teufel und Masken afrikanischer Zauberer in Leuchtfarbe glänzten.

Der Raum wurde durch ein schwaches Glimmen der Kristallkugel erhellt. Der plötzliche Luftzug ließ die Vorhänge flattern, und die leuchtenden Figuren tauchten auf und verschwanden.

»Wo, zum Teufel, ist das Licht?« brüllte Grave Digger. »Ich werde hier noch seekrank.«

Ein Polizist knipste seine Taschenlampe an. Sie fanden keine andere Beleuchtung. »Wir wollen nach den Türen suchen«, sagte er und riß die Vorhänge beiseite.

Hinter den Vorhängen befanden sich überall Türen. Er öffnete die erste, die nachgab. Sie führte in ein Eßzimmer. Ein Kronleuchter mit vier Birnen erhellte einen quadratischen Eßtisch, der mit einem schwarz-silber-karierten Plastiktuch bedeckt war.

Coffin Ed öffnete eine weitere Tür und befand sich in einer Küche. Draußen auf der Feuertreppe hörte er Bewegung. »He, laßt uns rein«, rief eine Stimme.

Ein Polizist drängte sich an Coffin Ed vorbei und öffnete die Hintertür.

Grave Digger hatte eine weitere Tür geöffnet, die in ein Schlafzimmer führte. »Hierher«, rief er.

Coffin Ed trat ein, und sechs Polizisten folgten ihm.

Ein fetter, hellhäutiger Farbiger mit schlaffen, sinnlichen Gesichtszügen und glänzend kahlem Kopf lag schwer atmend mit geschlossenen Augen quer über dem Bett. Er war fett, aber sein Fleisch war so schlaff, daß es wie geschmolzener Talg an seinem Knochengerüst hing.

Ein weiterer kahlköpfiger Mann lag mit dem Gesicht nach unten neben dem Bett auf dem Boden. Er trug einen rot- und graugestreiften Hausmantel aus Kunstseide über einem Pyjama aus blauer, weißgetupfter Kunstseide. Sein Gesicht war nicht zu sehen, der dünne Haarkranz um seinen Schädel war seidig weiß.

Die weißen Polizisten starrten mit großen Augen.

»Was haben sie mit Lady Gypsy gemacht?« fragte einer.

»Das ist der auf dem Bett«, antwortete Coffin Ed.

»Das ist jetzt egal«, sagte Grave Digger. »Wir müssen erfahren, wer ihn niedergeschlagen hat.«

»Der wird sobald nichts erzählen«, sagte ein weißer Polizist.

»Dafür werden wir schon sorgen«, erwiderte Grave Digger. »Holt die Essigflasche aus der Küche.«

Er beugte sich vor, packte Lady Gypsys Arm und zerrte ihn zum Bettrand. Als einer der Polizisten den Essig brachte, öffnete er die Flasche und goß die Flüssigkeit Lady Gypsy ins Gesicht.

»Macht ihr das immer so?« fragte der Polizist.

»Es funktioniert«, antwortete Grave Digger.

»Zuverlässig«, ergänzte Coffin Ed.

Lady Gypsy bewegte sich und spuckte. »Wer bepißt mich da?« fragte er mit klarer, kultivierter Stimme.

»Ich bins, Digger«, antwortete Grave Digger.

Lady Gypsy setzte sich plötzlich auf. Er öffnete die Augen und sah all die weißen Polizisten, die ihn anstarrten.

»Du Schweinehund«, sagte er.

Grave Digger schlug mit der flachen linken Hand zu.

Lady Gypsys Kopf sackte zur Seite und kam wieder hoch, als ob sein Hals aus Gummi wäre.

»Es ist nicht meine Schuld, daß der Schuft entkommen ist«, sagte er und betastete eine eigroße Beule an seinem Hinterkopf. Er sah auf seinen halbnackten Körper hinunter. »Er hat mir mein zweitbestes Kostüm gestohlen.«

»Erzählen Sie endlich«, drängte Grave Digger.

Lady Gypsy betrachtete ihn teilnahmslos aus glasigen, gelbgefleckten Augen, die den leicht bläulichen Schimmer des Alters hatten.

»Ich hab keine Angst vor dir, Digger«, sagte er. »Aber ich will dir sagen, was ich weiß, weil ich mich nicht zusammenschlagen lasse.« Er wischte sich die aufgesprungenen und anschwellenden Lippen mit dem essiggetränkten Zipfel des Bettlakens. »Sie vergessen außerdem, daß ich es war, der ihnen den Tip gegeben hat.«

»Ja, und du hast dich von ihm niederschlagen und ihn entkommen lassen, weil du weich geworden bist«, beschuldigte ihn Grave Digger.

»So wars nicht. Er ist mir hier herein nachgekommen und hörte mich telefonieren.« Er deutete mit dem Kopf zu dem Telefon auf dem Nachttisch. »Er hat ein Jahr lang als Vollmatrose für die South American Shipping Line gearbeitet.« Er sprach fließend, aber ohne Hast. »Auf dem Motorschiff *Costa Brava*. Sparte sich sein ganzes Geld. Kaufte einen Cadillac von einem Mann namens Baron ...«

»Wieder Baron«, sagte Grave Digger und wechselte einen Blick mit Coffin Ed.

»Hat sechstausendfünfhundert dafür bezahlt«, fuhr Lady Gypsy eintönig fort. »Bekam ihn für tausend unter dem Listenpreis. Ein golden lackierter Cadillac …«

Die weißen Polizisten rissen die Münder auf.

»Er hatte ihn gerade bezahlt und seinen Kaufvertrag erhalten und machte eine Probefahrt, wobei er eine alte Frau anfuhr …«

»Hinter dem Convent?«

Lady Gypsy warf ihm von unten einen kurzen Blick zu, senkte dann die Lider und starrte wieder vor sich hin ins Nichts. »Das wißt ihr also schon.«

»Wir wollen es von Ihnen hören.«

»Ich kann nur das sagen, was ich von ihm erfahren habe …«

Der Mann auf dem Boden rührte sich und stöhnte.

»Wollt ihr Mister Gypsy nicht wenigstens aufs Bett legen?« fragte Lady Gypsy.

»Er liegt gut, wo er ist«, antwortete Grave Digger ungerührt.

»Sie fuhren also diese alte Frau an und flohen«, fuhr Lady Gypsy tonlos fort. »Sie kamen aber nicht weit, weil sie von drei Männern in Polizeiuniformen in einem Buick angehalten wurden.«

»Langsam reimt sichs«, sagte Grave Digger.

»Genau«, bestätigte Coffin Ed.

Lady Gypsy berichtete den Rest mit der gleichen tonlosen Stimme. »Als Mister Baron sie dann auch versetzte, kamen sie zu mir«, schloß er. »Ich sollte ihnen sagen, wo sie den Cadillac finden könnten.«

»Haben Sie es ihnen gesagt?« fragte einer der weißen Polizisten mit vorquellenden Augen.

»Wenn ich das könnte, würde ich nicht hier in diesem Loch leben«, antwortete Lady Gypsy. »Dann würde ich mit einer Jacht vor der Riviera kreuzen.«

Der Mann auf dem Boden stöhnte wieder, und zwei weiße Polizisten hoben ihn auf und legten ihn quer über das Fußende des Bettes.

»Woher wußte er Ihre Adresse?« fragte Grave Digger.

»Er wußte sie nicht. Seine Freundin hat sie ihm genannt, oder richtiger, sie hat ihn hierhergebracht.«

»Wie heißt sie?«

»Sassafras Jenkins, ein Mädchen von der Straße.«

»Hat sie ihn mit Baron zusammengebracht?«

»Das scheint er nicht zu glauben. Er sagte, er hätte Mister Baron bei den Docks in Brooklyn kennengelernt – wo die Reederei ihre Lagerhäuser hat. Vor seiner letzten Reise vor zwei Monaten. Mister Baron nahm ihn von da mit nach Harlem, in seinem Cadillac-Kabriolett. Roman erzählte ihm, er spare, um sich ein Auto zu kaufen, und Mister Baron fragte, wieviel er schon gespart hätte; er antwortete, wenn er von seiner nächsten Fahrt zurückkäme, besäße er sechstausendfünfhundert Dollar, und darauf sagte ihm Mister Baron, dafür könne er ihm genauso ein Cadillac-Kabriolett beschaffen, wie er selbst es fahre ...«

»Er hat auch einen goldenen Cadillac gefahren?«

»Nein, seiner war grau. Aber er fragte Roman, welche Farbe er sich wünsche, und Roman antwortete, er wolle einen, der wie massives Gold aussähe.«

»Was hatte Baron in Brooklyn zu suchen?« fragte Grave Digger.

»Matrosen, Digger«, antwortete Coffin Ed. »Wo hast du deinen Verstand?«

Grave Digger stimmte nur halb zu. »Vielleicht ja, vielleicht nein. Vielleicht sammelte er auch Frösche für Schlangen.«

»Das ist genau das gleiche«, behauptete Coffin Ed. »Matrosen sind alles für jeden.«

»Kennen Sie Mister Baron?« fragte Grave Digger Lady Gypsy.

»Zufällig nicht.«

»Kennen Sie Black Beauty?«

»Ja.«

»Was war sein Racket?«

»Zuhälter.«

»Zuhälter? Dieser warme Bruder?«

»Sie haben nach seinem Racket gefragt, nicht nach seinem Vergnügen. Aber Sie sprechen von ihm in der Vergangenheit. Ist er tot?«

»Er war die alte Frau, die totgefahren wurde.«

»Totgefahren? Die beiden behaupten, sie wäre nicht einmal verletzt worden.«

»Das ist eine andere Geschichte. Aber Sie müssen Baron kennen. Er gehört mit zur Liga.«

»Das habe ich mir auch schon gesagt«, gab Lady Gypsy zu. »Aber ganz ehrlich, ich kenne ihn nicht.«

»Sie kennen aber diese Sassafras Jenkins.«

Lady Gypsy hob die Schultern.

»Was heißt kennen? Ich habe sie gesehen. Von Zeit zu Zeit kommt sie mit den verschiedensten Tricks zu mir. Sie betreibt immer irgendeinen kleinen Schwindel.«

»Mit Baron?«

»Sie können mich nicht reinlegen, Digger, ich habe Ihnen die Wahrheit gesagt. Ich kenne Baron nicht, und ich glaube auch nicht, daß sie ihn kennt.«

»Schon gut, schon gut. Wo können wir sie finden?«

»Sie finden? Woher soll ich wissen, wo man eine kleine billige Hure findet?«

»Unten auf Ihrem Schild steht *Auffindung von Verlorenem*«, warf Coffin Ed ein.

»Ja, und für Sie wäre es besser, wenn Sie beweisen, daß das stimmt. Oder Sie finden sich da wieder, wo Sie nicht gefunden werden wollen«, fügte Grave Digger hinzu.

»Kennen Sie die alte Hintergasse zwischen der 111th und 112th Street?«

»Die Alley?«

»Ja. Irgendwo da in einer dieser Höhlen hat sie einen Kerl.«

»Wer ist das?«

»Ich weiß nicht, wer er ist und was er macht. Sie wissen ja, daß ich nichts für einen Mann übrighabe, der sich für ein billiges Flittchen wie die interessiert.«

»Na schön«, sagte Grave Digger.

»Laß uns gehen, Ed.«

»Wir wollen erst im Revier anrufen und Anderson sagen, daß der Vogel ausgeflogen ist.«

»Ruf du ihn an.«

Coffin Ed griff nach dem Telefon auf dem Nachttisch.

Grave Digger wandte sich den Polizisten zu und sagte: »Sie gehen besser alle zu Ihren Wagen zurück. Sie waren ohnehin schon zu lange von der Straße fort.«

Lady Gypsy sagte: »Ich möchte gegen diesen Mann Anzeige wegen Überfall, Körperverletzung und Raub erstatten.«

»Dazu müssen Sie ins Revier kommen«, antwortete Grave Digger. »Ich rate Ihnen aber, ziehen Sie vorher einen Anzug an.«

10

Als Roman und Sassafras aus Lady Gypsys Wohnung die Treppe herunterrannten und sich auf den Buick stürzten, der am Straßenrand parkte, hatten sie das Glück, daß niemand sie sah. Sie wären selbst einem Blinden aufgefallen. Roman hatte sich Lady Gypsys Turban mit dem großen Glasauge schief auf den Kopf gestülpt, so daß er jetzt drei Augen hatte, die alle in verschiedene Richtungen blickten. Er hatte ein regenbogenbuntes Gewand über seine Lederjacke und seine Waschbärmütze geworfen, aber es war ihm zu kurz, und seine Fallschirmjägerstiefel sahen darunter hervor. In der linken Hand trug er seine Waschbärmütze und in der rechten seinen großen rostigen Revolver.

»Wenn sie uns erwischn, spiel ich verrückt und renn einfach weg«, keuchte er heiser. »Aufn verrückten Wahrsager schießt bestimmt keiner.«

Sassafras begann zu kichern. Roman warf ihr einen gehässigen Blick zu, während er um den Buick herumlief und sich ans Lenkrad setzte. Revolver und Waschbärmütze legte er neben sich auf den Sitz und fuhr schnell los. Aber ein sechster Sinn sagte ihm, daß er eine größere Chance zu entkommen hatte, wenn er langsam fuhr. Er fuhr also wie ein Prediger am Sonntag auf dem Weg zur Kirche, als er die Third Avenue erreichte und nach Süden abbog. Die Besatzung des ersten Streifenwagens, der schnell von Norden kam, sah den langsamen Buick, unmittelbar bevor ihr Fahrzeug mit heulender Sirene und quietschenden Reifen um die Ecke in die 116th Street einbog. Sie verschwendeten keinen weiteren Gedanken an ihn. Sie hatten den Fahrer nicht gesehen und konnten sich nicht vorstellen, daß irgend jemand so schleichen würde, wenn er im heißesten Wagen östlich des Mississippi saß. Roman fuhr weiter, an der 114th Street vorbei, und parkte vor einer Matratzenfabrik hinter einem offenen Lastwagen.

»Ich muß nachdenkn«, sagte er.

Sassafras konnte ihr Kichern nicht unterdrücken. Jedesmal, wenn sie ihn ansah, wurde es schlimmer.

»s gibt gar nichs zu lachen«, sagte er grob. »Du machst mich noch wütend.«

»Das weiß ich doch, Schatz«, gab sie mühsam zu. »Aber keiner, der dich so sieht, wird in Tränen ausbrechen können.«

»Also, das is deine Schuld«, fuhr er sie an. »Du has mich doch zu dem Pfeifer hingebracht.«

»Un wie hätt ich wissn solln, daß dasn Pfeifer is?« wehrte sie sich. »Ich bin bei dem schon oft gewesn mit andern Männers, und da hat er nie …« Sie brach ab.

»Weiß ich, daß du da wars. Brauchs mirs nich unter die Nase reibn. Ich hab nich erwartet, daß du rostest, solang ich weg bin. So dumm bin ich nich.«

Sie legte ihm den Arm um den Nacken und versuchte, seinen Kopf an sich zu ziehen. »Ich bin dir treu gebliebn«, sagte sie. »Das kann ich beschwörn, aufn ganzen Stapel Bibeln.«

Er machte seinen Kopf frei. »Hör mal, Baby, jetz is keine Zeit für dumme Lügen. Ich sitz hier un bin betrogen um das Geld von eim ganzen Jahr, un du wills freche Lügen beschwörn aufn ganzen Stapel Bibeln.«

»Das is keine Lüge«, widersprach sie. »Wenn dus nur versucht hättst, statt Cadillacs zu kaufen …«

»Du has den Wagn genauso gewollt wie ich.«

»Un wenn schon. Deswegn halt ichn Cadillac noch nich für alles inner Welt.«

»Wir habn jetz kein Zeit zu streiten«, entgegnete er. »Wir müssen was tun ganz schnell. Ich glaub, bis jetz ham wir verdammt viel Glück gehabt, aber das kann nich immer so bleibn. Die Polizei wird uns in dem heißn Wagn hier erwischn un dann …«

Sie schnitt ihm das Wort ab. »Wir könn zu eim Mann gehn, den ich kenn. Der macht Geschäfte mit Autos. Der kann uns helfn.«

»Ich hab mehr Männer gesehn, die Geschäfte mit Autos machn, als ich brauchen kann«, entgegnete er. »Davon hab ich genug. Was ich überleg, is, ob ich mirn paar Kumpels von mein Schiff hol, die mir nach mein Auto suchn helfen.«

»Der Mann, von dem ich red, kann dir mehr helfn als die«, behauptete sie. »Wenn der große goldne Cadillac irgendwo in Harlem is, find der ihn schneller als jeder andere.«

»All die Männers, die du kenns ...«, begann er, aber sie ließ ihn nicht weitersprechen.

»Aber so isses doch gar nich«, versicherte sie. »Ich kenn den doch kaum. Nur so rein geschäftlich.«

»Von was für Geschäften?«

Aber diese Frage ignorierte sie. »Dem könn wir sagn, er soll mal rumgehn und suchn. Und wir können auch bei ihm wohnen, solang er sucht. Du kanns doch sons nirgens bleibn.«

»Ich hab gedacht, daß ich bei dir bleib, solang ich nich in mein Wagn bin. Oder has du vielleicht n Mann bei dir?«

»Du machst mich krank. Du weiß gut, daß bei mir in mein Zimmer kein Mann sein kann, wo die Leute so anständig sin, bei denen ich wohne.«

»Na, un wie solln wir den Mann dafür bezahln, daß er uns in seine Wohnung läßt, solang er nach mein Wagn sucht?« wollte er wissen. »Ich hab Mister Baron mein letzten Dollar gegebn.«

»Wir könn ihm die Reifen von dem Wagen hier gehn«, schlug sie vor. »Der Mann handelt mit Gebrauchtreifen.«

»Ach so, jetz versteh ich. Ich bin nich so dumm, wie du denks. Das isn Reifendieb.«

»Na, un wenn schon?« entgegnete sie. »Er muß dann ja auch wissen, wo Autos sin. Un genauso ein Mann brauchs du. Einer, der weiß, wo Autos sin.«

»Na gut, dann wolln wir ihm die Reifen von dem Wagn hier gebn und anfangn zu suchen. Wo wohnt er denn?«

»In der Alley. Da hat er ne große Wohnung.«

Er ließ den Motor wieder an und fuhr bis zur 112th Street. Dort bog er wieder in die Richtung zur Lexington Avenue ein. Unmittelbar hinter den Häusern an der Third Avenue verlief eine schmale Durchfahrt, die die Hauptverkehrsstraße im rechten Winkel kreuzte. Für einen großen Wagen war sie sehr schmal – auf keiner Seite war genug Platz, um die Türen öffnen und aussteigen zu können –, und Roman mußte dreimal zurücksetzen, ehe er um die scharfe Ecke kam.

»Hier möchte ich mich nich erwischn lassn«, meinte er. »Da kommt man nur in einer Richtung weiter.«

Die Alley wurde an beiden Seiten von zweistöckigen Ziegelbauten flankiert, die sich in allen denkbaren Stadien des Verfalls befanden. Früher waren es die Remisen der Wohnhäuser an der 112th und 113th Street gewesen. Jetzt lebten in den oberen Räumen, die einmal Dienstbotenunterkünfte gewesen waren, Familien, und die Wagenschuppen waren mit lang vergessenem Plunder gefüllt, zwischen dem sich Ratten vermehrten, Kinder spielten und kleine Mädchen ihre Unschuld verloren.

»Es is da drübn«, sagte sie und deutete auf ein Schuppentor aus verrotteten Brettern, das mit rostigen Blechstücken geflickt war. »Laß mich mal nachsehn, ob er da is.«

Das Tor hing in schweren eisernen Angeln, die mit groben Bolzen an das rottende Holz befestigt waren. Es war mit einem Messingschloß von der Größe eines Takelblocks verschlossen. Roman hielt an, sie stieg aus und spähte durch ein Guckloch neben dem Schloß.

»Er is nich da«, sagte sie. » Sein Motorrad is weg.«

»Un was jetz?«

»Laß mich mal überlegn«, sagte sie, legte die Fingerspitzen in den Fäustlingen an ihre aschgrauen Wangen und machte ein nachdenkliches Gesicht. »Ach, da fällt mir ja was ein«, sagte sie plötzlich fröhlich. »Er hat mir ja n Schlüssel gegebn.«

Sie begann in ihrer Handtasche zu wühlen.

»Wozu hat er dir denn n Schlüssel gegebn?« fragte er mißtrauisch.

»Für sein Freundin«, antwortete sie unbefangen. »Sie und ich, wir sind befreundet. Un er hat gesagt, damit sie rein kann, wenn er nich da is.«

Rechts neben dem Schuppentor befand sich die schmale Tür zu einer Treppe, die zu den Wohnräumen oben führte. Sie schob einen Schlüssel in das Yale-Schloß und sagte: »Hier. Jetz gehn wir einfach rauf un warten auf ihn.«

»Du kenns diesen Mann scheins verdammt gut«, sagte er.

»Sein Freundin un ich, wir stehn einfach so, sag ich dir«, antwortete sie und hob eine Hand, wobei sie den Daumen fest gegen den Zeigefinger in ihrem Handschuh drückte. »Ich lauf schnell rauf un hol den Schlüssel fürs große Schloß, dann kannste den Wagn reinstelln, un es sieht ihn keiner.«

»Wenn mir das gefällt, gefällt mir auch Eiskrem mit Haferkörnern, un ich bin kein Maultier«, knurrte er vor sich hin.

Aber sie wartete nicht auf das, was er sagte, sondern lief hinauf, brachte den Schlüssel und öffnete das Tor. Er manövrierte den Wagen in einen dunklen feuchten Raum, in dem es nach Gummireifen und saurer Erde roch. Auf Borden an der Wand lagen Werkzeuge und Geräte zum Wechseln und Reparieren von Reifen, aber Reifen selbst waren nicht zu sehen.

Er stieg aus, brummte vor sich hin, und sie schloß das Tor ab. Dabei hüpfte sie gut gelaunt und sorglos um ihn herum.

»Jetz gehn wir einfach rauf und warten«, sagte sie. Oben befand sich nur ein einziger Raum. Sowohl nach vorn als auch nach hinten hatte er eine Reihe Fenster, in deren Rahmen statt Scheiben geöltes Packpapier steckte. In der Mitte stand ein bauchiger Kanonenofen. Die vordere Ecke füllte eine große eiserne Doppelbettstelle aus, deren weißer Emaillelack stellenweise abgesprungen war. Die andere Ecke war durch einen Vorhang als Kleiderschrank abgeteilt. Dem Ofen gegenüber stand eine Kommode mit Schubladen und einer gesprungenen Marmorplatte, auf ihr ein zweiflammiger Gaskocher. Ein quadratischer Tisch mit schmutzigen Tellern darauf nahm die Mitte des Raums ein. Unter den Fenstern stand ein weiterer Tisch mit einer Waschschüssel und einem Wasserkrug aus abgestoßenem Steingut. Für die Wasserversorgung sorgte ein Schlauch, der an einen Hahn unten in Höhe der Scheuerleisten angeschlossen war. Die Toilette befand sich draußen hinter dem Schuppen.

Außer einer einzigen Hängelampe in der Mitte des Raums gab es an den Wänden mehrere kleine Armleuchter.

Sassafras schaltete die helle Deckenlampe ein und warf ihren Mantel auf das ungemachte Bett. Sie trug ein rotes Strickkleid, das zu ihrer Mütze paßte, und schwarze Netzstrümpfe.

In dem Raum war es so kalt, daß ihnen der Atem als Dampf vor dem Mund stand.

»Ich mach mal Feuer«, sagte sie. »Setz du dich ruhig hin un mach dirs bequem.«

Er warf ihr einen bösen und mißtrauischen Blick zu, aber sie bemerkte es nicht. Sie bückte sich und sah in den bauchigen Ofen. Ihr Kleid spannte sich dabei.

Er legte seine Waschbärmütze neben einen der schmutzigen Teller auf dem Tisch und darauf seinen rostigen Revolver.

»Der Ofen is schon angelegt«, sagte sie und holte aus der Kommode eine Schachtel Streichhölzer.

»Weißt du vielleicht auch, wo er sein Geld hat?« fragte er.

Sie entzündete das Feuer und öffnete die Zugklappe, ehe sie sich umdrehte und ihn ansah. »Was brummels du da?«

»Du tus, als ob du hier besser zuhaus bis, wie ne Henne in ihrm Nest«, sagte er. »Weiß du genau, daß deine Geschäfte mit dem Mann nich das sind, was ich denk?«

Sie riß sich die Mütze vom Kopf und schüttelte ihr kurzes straffes Haar.

»Ach, sei nich so eifersüsch«, sagte sie. »Du machsn Gesich, daß s Feuer vor Angst ausgehn könnt.«

»Ich bin nich eifersüsch«, widersprach er. »Ich denk nur nach.«

Sie begann, das schmutzige Geschirr vom Tisch zu räumen und stapelte es neben dem Gaskocher auf.

»Ihr Matrosen seid alle gleich«, sagte sie. »Wenns nach euch ging, würdet ihrn Mädchen abschließn un den Schlüssel mitnehm.«

»Ganz rech«, gab er zu und wurde immer wütender, während er sie bei ihrem häuslichen Treiben beobachtete.

Das Feuer begann im Kamin zu röhren, und sie schloß die Zugklappe halb. Dann drehte sie sich um und sah ihn an. Ihre Schlehenaugen funkelten wie Brillanten.

»Zieh bloß das Kostüm da aus, damit ich dich küssn kann«, sagte sie und schüttelte sich die Kältestarre aus den Gliedern.

»Der Raum hier regt dich wohl an?» fragte er herausfordernd.

»Was haste dagegen?« antwortete sie. »Du kans doch von ner Kuh nich erwartn, daß sie wiederkäut, wenn se ne Wiese voll frisches Gras hat.«

Er betrachtete sie finster. »Wenn du dem Mann schöne Augen machs, kriegt jemand die Hucke voll.«

Sie trat auf ihn zu und riß ihm den Turban mit dem dritten Auge herunter. »Das Ding mach dein Kopf ganz gallig«, sagte sie.

»Is nich mein Kopf, was gallig is«, widersprach er.

»Wem sagste das?« antwortete sie und griff nach ihm.

»Laß mich ers aus dem Weiberkittel raus.« Er begann, sich das Gewand über den Kopf zu streifen. »Ich komm mir vor wien Hahn, der Eier legn soll.«

»Du has nix als Hühner im Kopf«, sagte sie und kitzelte ihn am Bauch.

Japsend sprang er zurück und stieß mit den Waden gegen die Bettkante. Der Länge nach fiel er hintenüber auf den Rücken. Sie sprang auf ihn und versuchte, ihm mit den Falten des bunten Stoffes

Mund und Nase zuzuhalten. Er riß in den Stoff ein Loch für seinen Kopf, und sie sprang von ihm herunter und bog sich vor Lachen.

Er setzte die Füße auf den Boden, verlagerte das Gewicht auf seine Beine, stieß sich vom Bett ab und sprang vor wie ein junger Bulle, der angreifen will. Seine Lippen waren gespannt, seine Zunge fuhr von einem Mundwinkel in den anderen; er sah aus, als ob er keuchte, hielt aber den Atem an. Seine Stirn war immer noch angestrengt gerunzelt, aber in seinen grauen Augen funkelte es; das rechte war auf sie gerichtet, das linke wich in die Richtung des Ofens ab. Sein Kopf ragte zwischen den Falten des grellbunten Gewands heraus, das ihm über seiner Lederjacke auf den Rücken hinunterhing.

Er schoß auf sie zu.

Sie ließ sich von seinen Händen berühren, entwand sich aber seinem Griff, wirbelte auf den Fußspitzen herum und rannte halb durch das Zimmer. Er senkte die schweren Schultern, hielt die langen Arme wie ein angreifender Ringer ausgestreckt und ging auf sie los. Sie brachte den Tisch zwischen sich und ihn, keuchend vor Lachen.

»Plumpsack«, höhnte sie und schleuderte ihre Schuhe von den Füßen.

»Ich krieg dich schon«, fauchte er.

Er warf einen Stuhl um, als er um den Tisch herum wollte, aber sie hielt sich immer außerhalb seiner Reichweite. Dann packte er mit einer schnellen, überraschenden Bewegung den Tisch an der Platte, hob ihn einige Zoll vom Boden hoch und stieß ihn zur Seite.

Jetzt stand nichts mehr zwischen ihnen.

»Nimms dir, dann hast dus«, keuchte sie.

Unvermittelt begann sein Verstand wieder zu arbeiten. Sein Körper entspannte sich.

»Wo ich so Sorgen hab, kannste an nix anders denkn?« sagte er vorwurfsvoll.

»Wenn das nich deine Sorgen vertreibt, kann dir nix helfen«, murmelte sie.

»Wir ham nich viel Zeit«, maulte er.

»Wenn du Angst has, geh nach Haus«, zischte sie.

Seine Muskeln spannten sich wieder, er packte sie. »Ich werd dich schon abkühln«, sagte er.

11

Drei Minuten nachdem sich der Buick in die enge Einfahrt zur Alley gezwängt hatte, schlitterte eine kleine schwarze Limousine von der Lexington Avenue in die 112th Street. Grave Digger fuhr mit abgeblendeten Scheinwerfern, und Coffin Ed hielt unter den geparkten Wagen scharf Ausguck nach dem Buick.

Die Heizung funktionierte wieder, und das Eis auf der Windschutzscheibe schmolz. Der Wind war nach Osten umgesprungen, und der Eisregen hatte aufgehört. Die Reifen sirrten leise über die treibenden Eiskörner auf der asphaltierten Straße, als der Wagen wieder in gerader Richtung fuhr. Im nächsten Augenblick aber brach er nach rechts aus, und Grave Digger mußte leicht gegensteuern.

»Ich hab ein Gefühl wie bei der Jagd auf den weißen Hirsch«, sagte Coffin Ed. »Man kann sich schwer vorstellen, daß heutzutage noch jemand so dumm ist.«

»Wer kanns wissen«, antwortete Grave Digger. »Bisher hat der Bursche noch keinen Preis gewonnen.«

Sie hatten den Block mit baufälligen alten Häusern und provisorischen Unterkünften halb hinter sich gebracht, als sie ein Motorrad mit Seitenwagen entdeckten, das von der Third Avenue her in die Straße einbog. Sofort wurden sie aufmerksam. Sie kannten das Fahrzeug nicht, ahnten nichts von seiner Vorgeschichte, seiner Verwendung oder seinem Besitzer. Aber sie wußten, daß jeder, der in einer solchen Nacht ein offenes Fahrzeug benutzte, eine nähere Betrachtung verdiente.

Der Motorradfahrer entdeckte sie im gleichen Augenblick. Er sah eine kleine schwarze Limousine seitwärts wie eine Krabbe durch die leere Straße auf sich zukommen. Bei all der Mühe, die er sich seit Jahren gegeben hatte, ihr aus dem Weg zu gehen, mußte er sie besser kennen als die Pest.

Er trug einen dunkelbraunen Overall, eine wollgefütterte Militärjacke aus Drillich und eine pelzgefütterte, karierte Jägermütze. Aus dem Seitenwagen war der Sitz herausgenommen, und an seiner Stelle befanden sich dort zwei Autoräder komplett mit Reifen unter einer schwarzen Zeltbahn.

Als Coffin Ed die von der Zeltbahn bedeckte Ladung bemerkte, fragte er: »Siehst du, was ich sehe?«

»Schon kapiert«, antwortete Grave Digger und gab Gas.

Wenn die Reifen kleiner gewesen wären, hätte der Motorradfahrer sie verschluckt wie die Marihuana-Händler ihre heiße Ware. Statt dessen ließ er das Motorrad vorwärts schießen, schaltete seinen Scheinwerfer voll ein, um die beiden Detektive zu blenden, und beugte sich weit nach rechts aus ihrer Schußlinie. Motorengedröhn wie von startenden Düsenflugzeugen erfüllte die Nacht.

Grave Digger schaltete seine Scheinwerfer im gleichen Augenblick voll ein. Coffin Ed hatte seinen Revolver gezogen. Er fummelte an der Fensterkurbel, um das Seitenfenster zu öffnen. Aber er war nicht schnell genug.

Beide Fahrzeuge rasten auf der schlüpfrigen Straße donnernd aufeinander zu.

Grave Digger versuchte, den Motorradfahrer auszumanövrieren. Er riß die Limousine scharf nach links, trat auf die Bremse, kam quer zur Fahrtrichtung zu stehen und blockierte dadurch die linke Straßenseite.

Aber dieser Spaßvogel übertölpelte Grave Digger. Er rollte sich auf seinem Sattel auf die andere Seite wie ein Hollywood-Indianer auf seinem Pinto-Pony, bog im Winkel von neunzig Grad links ab und beschleunigte bis an die Grenze des Durchdrehens. Seine Absicht war, rechts an dem Wagen vorbeizukommen, und, zum Teufel, wenn dabei auf ihn geschossen wurde.

Beide Fahrer schätzten die Griffigkeit der Fahrbahn falsch ein. Die feste, aus Eisschnee gebildete Decke war trügerisch. Die Reifen drückten sich in sie ein und faßten. Der Seitenwagen traf in einer Tangente gegen den rechten hinteren Kotflügel der Limousine, und das Motorrad wirbelte einmal in voller Fahrt um sich herum. Die Limousine schlitterte mit den Hinterrädern und brachte Grave Digger aus dem Gleichgewicht. Das Motorrad fuhr hinter einem parkenden Wagen auf den Gehsteig, hüpfte wie ein Gummiball über den Bordstein, schrammte das Bein des Fahrers gegen einen rostigen Treppenpfosten und raste in die Richtung zurück, aus der es gekommen war.

Coffin Ed hing in dem halbgeöffneten Fenster, sein Arm mit der Waffe war behindert und nutzlos. Er schrie aus vollem Hals: »Halt, oder ich schieße!«

Der Fahrer hörte ihn trotz des dröhnenden Motors, während er darum kämpfte, sein Fahrzeug auf dem Gehsteig zu halten, gleichzeitig aber der Reihe Treppenpfosten auf der einen und den parkenden Wagen auf der anderen Seite auszuweichen.

Die Limousine stand auf der anderen Straßenseite etwas schräg, generell aber in der richtigen Richtung.

»Ich hole ihn ein«, versprach Grave Digger, schaltete den ersten Gang ein und gab Gas.

Er hatte aber nach seinem scharfen Abbiegen nach links die Räder noch nicht geradegerichtet, und der Wagen fuhr nicht im Bogen auf die Fahrbahn zurück, sondern rollte nach links weiter und traf mit voller Wucht einen geparkten Chevie. Die Tür des Chevie wurde eingedrückt, und der linke vordere Kotflügel der kleinen Limousine zerknitterte wie Aluminiumfolie. Der Scheinwerfer zersplitterte, und das Kreischen von Metall auf Metall weckte die gesamte Nachbarschaft.

Das Richtige wäre gewesen zurückzusetzen, den Wagen auszurichten und von neuem loszufahren, aber Grave Digger war schon blind vor Wut. Er gab noch mehr Gas und schrammte mit reiner

Motorengewalt an dem Chevrolet vorbei. Sein eingedrückter Kotflügel verfing sich an dem linken hinteren Kotflügel des Chevie, und beide wurden losgerissen. Er ließ sie hinter sich auf der Straße tanzen und raste dem Motorrad nach, das inzwischen auf die Fahrbahn zurückgehüpft war und jetzt schlitternd in die Third Avenue einbog.

Das Motorrad bog nach Westen in die 114th Street ein, als Grave Digger das Schleudern seiner Limousine gerade aufgefangen hatte. Das schmelzende Eis auf seiner Windschutzscheibe trübte seine Sicht, und er schaltete den Scheibenwischer ein. Einen Augenblick lang konnte er überhaupt nichts sehen. Er bog trotzdem ab und hoffte, daß es an der richtigen Stelle war.

Sie behielten das Motorrad in Sicht, das an der Seventh Avenue wieder nach Norden abbog, kamen ihm aber nicht näher.

Hintereinander fuhren auf der äußeren Fahrbahn drei Lastzüge, ein vierter überholte gerade den vordersten.

»Wir dürfen diesen Burschen nicht entwischen lassen«, sagte Grave Digger.

»Er überholt auf dem Gehsteig«, sagte Coffin Ed, der sich aus dem rechten Fenster weit herausbeugte.

»Schieß ihm über den Kopf weg.«

Coffin Ed stützte den linken Arm auf die Fensteröffnung, legte den langen vernickelten Lauf auf sein Handgelenk und feuerte in die Nacht hinaus. Die Abschußflamme peitschte in die Dunkelheit, und drei Blocks vor ihnen ging eine Straßenlaterne aus.

Das Motorrad bog vor den Lastzügen vom Gehsteig wieder auf die Fahrbahn hinunter. Grave Digger kam an den Lastzügen vorbei und schaltete seine Sirene ein.

An der 116th Street sagte Coffin Ed: »Er fährt geradeaus weiter. Versucht wohl, über die County-Grenze zu kommen.«

Grave Digger steuerte nach links auf die andere Seite des Grünstreifens und fuhr jetzt auf der Gegenfahrbahn. Die Scheibenwischer hatten auf dem schmutzigen Glas Halbmonde freigewischt, und er sah die Straße frei vor sich liegen. Er trat das Gaspedal bis zum Anschlag durch und kam dem Motorrad auf der anderen Seite des Grünstreifens näher.

»Stop ihn, Ed«, sagte Grave Digger.

Der von einem niedrigen Drahtzaun gekrönte Grünstreifen lag über dem Niveau der Fahrbahnen und deckte die Reifen des Motorrades. Es fuhr auch zu schnell, als daß man einen Schuß auf den Scheinwerfer hätte riskieren können. Coffin Ed jagte drei Schüsse hinter ihm her, aber der Fahrer verringerte das Tempo nicht. Sie überholten zwei weitere nach Norden fahrende Lastwagen, und dann waren beide Fahrbahnen eine Zeitlang frei. Die Limousine kam auf gleiche Höhe mit dem Motorrad.

»Paß auf, Digger. Er versucht bestimmt irgendeinen Trick«, warnte Coffin Ed.

»Vor dem Bordstein hat er ebensoviel Angst wie wir«, antwortete Grave Digger. »Er wird versuchen, uns in einen entgegenkommenden Laster zu manövrieren.«

»Vor ihm sind wieder zwei.«

An der 121th Street lenkte Grave Digger auf die rechte Fahrbahn zurück. Einen Block vor ihnen gab ein Kühllaster Blinkzeichen, ehe er auf die linke Fahrbahn ausscherte, um einen offenen Transporter zu überholen. Der Motorradfahrer hatte genügend Zeit, um vorher an ihm vorbeizuziehen, aber er hielt sich zurück, bis der Kühlwagen mitten auf der inneren Fahrbahn war und jetzt beide Fahrbahnen blockiert waren.

»Schieß ihm in die Reifen«, drängte Grave Digger.

Coffin Ed beugte sich aus dem Fenster, zielte sorgfältig übers Handgelenk und verschoß seine beiden letzten Patronen. Beide Schüsse verfehlten den Reifen des Motorrades, aber die fünfte und letzte Patrone im Revolver war ein Leuchtspurgeschoß, seit er einmal nachts im Dunkeln hatte schießen müssen. Sie verfolgten die weiß phosphoreszierende Flugbahn, sahen, wie das Geschoß den Reifen verfehlte, einen Kanaldeckel mitten auf der Fahrbahn traf, im stumpfen Winkel nach oben abprallte und in einen Reifen des Transporters schlug. Der Reifen platzte mit einem Knall. Der Fahrer spürte, daß sein Fahrzeug schleuderte, und trat auf die Bremse. Das brachte den Motorradfahrer aus dem Konzept. Er hatte geplant, zwischen den beiden Lastern nach vorn zu preschen, den überholenden Kühlwagen zu schneiden. Wenn ihm das gelang, waren beide Fahrbahnen blockiert, dann war er nach hinten gedeckt und konnte entkommen.

Er holte gerade schnell hinter dem Transporter auf, als dessen Reifen platzte und der Fahrer auf die Bremse trat. Er bog scharf nach links aus, aber nicht schnell genug.

Drei dünne Bleche aus rostfreiem Stahl, die der Transporter geladen hatte, bildeten eine kaum viertelzöllige Klinge. Diese Klinge traf den Motorradfahrer über seiner wollgefütterten Jacke am Hals, der vor Anstrengung gereckt und gespannt war, während das Motorrad darunter hinwegschoß. Es fuhr mit nahezu achtzig Stundenkilometern, und diese Klinge trennte dem Mann den Kopf vom Körper wie eine Guillotine.

Der Kopf rollte die Bleche halb hinauf, während der Körper gerade sitzenblieb, die Hände um die Lenkstange geklammert. Der Körper beendete das Manöver, das der Kopf ihm befohlen hatte, und das Motorrad raste wie geplant an dem Lastwagen vorbei.

Der Fahrer des Transporters sah aus dem Fenster, um den überholenden Kühlwagen zu beobachten, während er weiterhin bremste. Doch statt des Lastwagens sah er einen Mann ohne Kopf auf einem Motorrad mit Beiwagen vorbeirasen, dem ein Strom dampfenden Bluts wie eine Fahne im Wind nachwehte.

Er schrie auf und wurde ohnmächtig. Seine erschlaffenden Füße ließen Bremse und Kupplung los, und der Transporter fuhr weiter. Das von einem Mann ohne Kopf gesteuerte Motorrad schoß an ihm vorbei.

Der Fahrer des Kühlwagens, der den mit Blech beladenen Transporter überholte, traute seinen Augen nicht. Er blendete die

Scheinwerfer auf, beleuchtete den kopflosen Motorradfahrer und blendete schnell wieder ab. Mehrmals blinzelte er heftig. Das ist das erste Mal, daß ich am Steuer eingeschlafen bin, dachte er, und, mein Gott, was ist das für ein Alptraum! Er blendete wieder auf, und da fuhr das Motorrad immer noch. Ob Traum oder Wirklichkeit, er wollte machen, daß er so schnell wie möglich von hier fortkam. Er begann, mit seinen Scheinwerfern wild zu blinken, drückte auf die Hupe, trat aufs Gaspedal und sah weg.

Der mit Blech beladene Transporter wich infolge eines Fehlers in der Steuerung langsam nach rechts ab. Er rollte über den niedrigen Bordstein auf den Gehsteig und die breiten Steinstufen einer großen, vornehmen Negerkirche hinauf. In dem beleuchteten Anschlagkasten vor der Kirche war das Predigtthema für diesen Sonntag ausgehängt:

Hab acht! Der Tod ist näher als du denkst!

Der Kopf rollte von dem langsam fahrenden Transporter herunter, fiel auf den Gehsteig und auf die Fahrbahn. Grave Digger, der schnell näher kam, sah etwas, was wie ein Fußball mit Mütze aussah, über den schwarzen Asphalt kullern.

»Was hat er da weggeworfen?« fragte er.

Coffin Ed starrte wie versteinert hin. Er schluckte mühsam. »Seinen Kopf«, antwortete er schließlich.

Grave Diggers Muskeln zuckten krampfhaft. Er trat automatisch auf die Bremse.

Unbemerkt hatte sich hinter ihnen ein Lastwagen genähert, der nicht mehr rechtzeitig bremsen konnte. Er stieß von hinten gegen die kleine Limousine, sanft nur, aber es genügte. Grave Digger wurde nach vorn geschleudert. Der untere Rand des Lenkrades traf ihn in den Solarplexus, und sein Kopf schnappte nach vorn. Sein Mund schlug gegen den oberen Rand des Lenkrades; er zerschlug sich die Lippen und beschädigte sich zwei Vorderzähne.

Coffin Ed schoß mit dem Kopf gegen die Windschutzscheibe aus Sicherheitsglas und schlug ein Loch hinein, aber sein harter Schädel bewahrte ihn vor ernstlichen Verletzungen.

»Verdammt«, lispelte Grave Digger, richtete sich auf und spuckte Zahnsplitter. »Mit der asiatischen Grippe wäre ich besser dran.«

»Weiß Gott, ich auch«, bestätigte Coffin Ed.

Nach und nach erschlaffte der kopflose Körper, das Motorrad begann zu schwanken, taumelte zur einen Seite, dann zur anderen, überquerte die 125th Street, wobei es gerade eben noch ein Taxi verfehlte, umkreiste sauber die Normaluhr und krachte dann in die vergitterte Tür eines Juwelierladens. Dabei riß es ein Schild mit der Aufschrift um: Wir geben selbst Toten Kredit.

12

Roman stand auf und schnallte seinen Gürtel zu. »Wo stecktn dieser Kerl bloß?« Er wollte jetzt endlich zur Sache kommen.

»Der muß jeden Moment dasein«, antwortete Sassafras, aber ihre Stimme klang, als wäre es ihr gleichgültig, ob er überhaupt kam.

Romans Gesicht verriet wieder seine Unruhe. »Bissu sicher, daß der Mann uns helfn kann? Ich hab so ne Ahnung, als hätten wirs mit richtig brutale Kerls zu tun, un da will ich nich, daß einer drin rumpfuscht, der nich weiß, was er tut.«

Sassafras fuhr sich mit einem fettigen Kamm durch das kurze zerzauste Haar. »Mach dir kein Sorgen wegen dem«, sagte sie. »Der verliert schon nich den Kopf.«

»Das Rumsitzen un Wartn macht mich noch ganz fertig«, beschwerte sich Roman. »Jetzt isses bald hell, und keiner tut was.«

Sie ging zum Ofen, legte Kohlen nach und stellte die Zugklappe ein. Ihr Kleid war aus der Form geraten, und der Rocksaum hing auf einer Seite tiefer.

»Ich seh mal nach, ob noch Whisky da is«, sagte sie und wühlte zwischen den Schuhen in der Kleiderschrankecke.

Er trat neben sie und sah ein grünes Kleid zwischen den Anzügen hängen.

»Das sieht aus wie deins«, sagte er mißtrauisch.

»Fang nich wieder damit an«, antwortete sie. »Du denks wohl, die haben nur das eine Kleid gemach, als sie meins genäht ham? Außerdem is seine Freundin grad so groß wie ich.«

»Bissu sicher, dasse nich auch dieselbe Haut hat?« fragte er.

Sie ignorierte ihn. Schließlich richtete sie sich mit einer dreiviertelvollen Flasche billigem Whisky auf. »Hier, trink das und haltn Mund«, sagte sie und hielt ihm die Flasche hin.

Er öffnete die Flasche und ließ sich den Whisky gurgelnd in die Kehle laufen. »Schlecht is er nich, aber mächtig dünn.«

»Wieso wills du über Whisky reden?« antwortete sie verächtlich. »Du has doch in deim Leben nichs anners getrunken als Selbstgebrannten.« Er setzte die Flasche wieder an und brachte den Pegelstand auf die Hälfte. »Baby, ich hab son Hunger, daß ichn Maultier fressen könnt«, sagte er und reckte seine Muskeln. »Willse nich mal nachsehn, ob der Freund von deine Freundin nich auch was zu essn hat?«

»Wenn ich hier was find, wirste nur noch mißtrauischer«, antwortete sie.

»Egal, solangs mirn Bauch füllt.«

Sie fand ein Stück Salzfleisch, einen halben Laib Weißbrot in Wachspapier und eine Flasche Sirup in der untersten Schublade. Dann öffnete sie ein Fenster und beugte sich über einen am Fensterbrett befestigten, mit Fliegengaze verkleideten Kühlkasten. Sie fand einen Topf, der mit erstarrter Maisgrütze halb gefüllt war, und eine gefrorene Dose mit kalifornischen Pfirsichschnitzeln.

»Kaffee find ich kein«, sagte sie.

»Wer will schon Kaffee?« antwortete er und trank einen weiteren Schluck aus der Flasche.

Bald darauf war der Raum von dem köstlichen Duft nach gebratenem Salzfleisch erfüllt. Sie schnitt die erstarrte Grütze in Scheiben und bräunte sie in heißem Fett. Er öffnete die Dose mit seinem Taschenmesser, aber ihr Inhalt war fest gefroren. Er stellte sie zum Auftauen auf den Ofen.

Sie fand nur einen sauberen Teller und suchte dazu den am brauchbarsten aus dem Stapel. Dann wischte sie zwei Gabeln mit einem trockenen Tuch ab. Er füllte sich den Teller mit gebratener Grütze, häufte gebratenes Fleisch darüber und übergoß alles reichlich mit Sirup. Er stopfte sich den Mund mit trockenem Brot voll und schob Fleisch, Grütze und Sirup nach.

Sie sah ihm angeekelt zu. »Man kann nen Kerl vons Land holn, aber den Bauern kriegt man nie aus ihn raus«, philosophierte sie und aß ihr Fleisch vornehm mit Brotbissen und hielt ihre Grützeschnitten zierlich zwischen Daumen und Zeigefinger, wie die Etikette es vorschrieb.

Er war zuerst fertig, stand auf und sah nach den Pfirsichen. Ein Eiskern war immer noch vorhanden. Er griff nach der Whiskyflasche und maß den Inhalt mit einem Blick.

»Willse Grog aus Whisky und Pfirsichsaft?« fragte er.

Sie warf ihm einen hochnäsigen Blick zu. »Hab nichs dagegn«, antwortete sie in gemessenem Ton. Er sah sich nach einem Gefäß zum Mixen um, aber da er keins fand, preßte er den Rand der Büchse zu einem Gießer zusammen und schüttete den Pfirsichsaft in die Whiskyflasche. Er schüttelte kräftig durch, trank einen Schluck und reichte sie ihr. Sie trank und gab die Flasche zurück.

Bald kicherten sie und fingen wieder an, sich zu balgen.

»Wenn nur der Mann bald käm«, sagte er, in einem letzten Versuch, vernünftig zu sein.

»Warum willsn bei son Wetter nachn Cadillac suchn, wenn du mich hier has?« fragte sie.

»Laß uns zu Fuß weitergehen«, sagte Coffin Ed.

An der Einfahrt zur Alley brachte Grave Digger den Wagen schlitternd zum Stehen. Es war ein düsterer, grauer Morgen und keine Menschenseele in Sicht.

Langsam stiegen sie aus wie gebrechliche Greise.

»Der Karren sieht aus, als wär er im Krieg gewesen«, lispelte Grave Digger. Seine Lippen waren so stark geschwollen, daß sein Gesicht aussah, als ob es von innen nach außen gekehrt worden wäre.

Tastend suchten sie sich ihren Weg über das unebene Ziegelpflaster, wichen vereisten Stellen aus, traten über erfrorene Ratten und Katzen hinweg. Müllwagen konnten in die Alley nicht hineinkommen, deshalb stapelten die Anwohner ihre Abfälle das ganze Jahr über auf. Jetzt war daraus ein Wall an den Wänden der Remisen geworden, bestehend hauptsächlich aus Schweineknochen, Kohlstrünken und leeren Konservendosen.

Als sie zu der gesuchten Tür kamen, zogen beide ihre Revolver und drehten die Trommeln. Messinghülsen hoben sich schwach von der glänzenden Vernickelung ab. Ihre schattenhaften Gestalten bewegten sich mit der Lautlosigkeit von Gespenstern. Sie atmeten jetzt durch den Mund und stießen weiße Dampfwölkchen aus.

Grave Digger nahm seine Waffe in die linke Hand und zog einen Schlüssel aus der rechten Manteltasche. Während er den Schlüssel ins Schloß schob, zog Coffin Ed fest an dem Türgriff. Das Yale-Schloß ließ sich lautlos öffnen. Coffin Ed schob die Tür drei Zoll breit auf, und Grave Digger zog den Schlüssel aus dem Schloß.

Beide preßten sich flach an die Außenwand und lauschten. Von oben kamen Geräusche wie von zwei Leuten, die Holz bearbeiteten: einem Mann, der trockene Fichtenbohlen zuschnitt, und einem Jungen, der mit einer Laubsäge Schindeln zersägte.

Coffin Ed streckte die Hand aus und drückte die Tür mit dem Lauf seines Revolvers langsam auf. Die beiden sägten weiter. Er schob seinen Kopf um den Türrahmen und blickte ins Haus.

Am Ende der Treppe oben war keine Tür. Die Öffnung wurde von sanftem rosa Licht erfüllt, das die nackten Balken an der Decke erhellte.

Coffin Ed ging voraus, setzte die Füße außen an den Stufen auf, probierte jede, ehe er sie mit seinem Gewicht belastete. Grave Digger ließ ihm einen Vorsprung von fünf Stufen und folgte dann in seinen Spuren. Oben trat Grave Digger schnell in das rosa Licht, der Lauf seiner Waffe fuhr von links nach rechts. Dann winkte er Coffin Ed, ohne sich umzudrehen.

Nebeneinander standen sie da und sahen die schlafenden Gestalten auf dem Bett an.

Der Mann trug ein kariertes Wollhemd, das vorn von oben bis unten offenstand und dessen Schöße aus dem Hosenbund heraushingen, darunter ein breitgeripptes Unterhemd, eine Militärhose und schmutzige weiße Wollsocken. Eine Lederjacke lag zusammengeknüllt auf einem Paar Fallschirmjägerstiefeln neben dem Bett. Der Mann lag auf der Seite, vor sich eine Frau, über deren Leib er den Arm geworfen hatte. Die Frau trug ein rotes Strickkleid und schwarze, durchbrochene Strümpfe.

Eine einzelne Lampe mit rosa Schirm, die an einem Nagel über dem Kopfende des Bettes hing, machte den Anblick anheimelnd.

Die Blicke der beiden Detektive wanderten durch den Raum, blieben an einem rostigen .45er hängen, der auf der Waschbärmütze lag, wanderten weiter und kamen zurück. Coffin Ed ging auf Zehenspitzen zum Tisch, nahm die Waffe und roch an der Mündung. Dann schüttelte er den Kopf und schob sie in die Tasche.

Grave Digger schlich auf Zehenspitzen zum Bett und stupste den schlafenden Mann mit der Mündung seiner Waffe in die Rippen. Später gab er zu, daß er das besser nicht getan hätte.

Roman schoß vom Bett hoch wie eine Wildkatze, die verbrüht wird. Er richtete sich mit dem ganzen Körper gleichzeitig auf wie katapultiert. Mit der linken Hand schlug er nach hinten aus, traf Grave Digger mit voller Wucht gegen den Bauch und warf ihn um.

Coffin Ed sprang über Grave Diggers Kopf hinweg und schlug mit dem Revolver nach Roman. Doch Roman duckte sich noch, während er in der Luft war, wirbelte herum, fing den Schlag mit seinem fetten Hinterteil ab und trat Coffin Ed mit beiden bestrumpften Füßen ins Gesicht.

Dann fing das Schreien an. Es war ein hohes, lautes, durchdringendes Kreischen, das das Gehirn zerfetzte und sich wie Säure in die Zähne fraß. Sassafras hatte sich aufgerichtet und kauerte auf allen vieren mit weit aufgerissenem Mund auf dem Bett.

Coffin Ed taumelte rückwärts gegen den Tisch. Die Tischbeine knickten um, und Coffin Ed fiel mit lautem Gepolter zu Boden.

Roman landete auf den Handflächen, die Füße hoch in der Luft, und rollte über die Schulter ab. Grave Digger stützte sich auf eine Hand, das linke Bein eingeknickt unter sich, und klopfte Roman mit dem Griff seines Revolvers von hinten auf den Kopf. Aber er wurde dabei durch seinen offenen Mantel behindert, was dem Schlag die Kraft nahm. Roman verriet durch kein Zeichen, daß er ihn gespürt hatte. Er zog die Beine unter sich, richtete sich wie ein Akrobat gerade auf und drehte sich um, im gleichen Augenblick, als er den Boden berührte.

Noch aus der Bewegung, mit der Grave Digger Roman auf den Kopf geschlagen hatte, führte er jetzt einen Schlag gegen dessen rechte Kniescheibe. Roman kippte zur Seite wie ein Mast, dem die Stütze genommen wird. Coffin Ed kam taumelnd näher und versetzte Roman einen Tritt gegen die linke Wade.

Sassafras standen die Haare vom Kopf ab wie einem Stachelschwein die Stacheln. Ihre Augen waren glasig, aber sie schrie gellend weiter.

Roman fiel gegen Grave Digger, klammerte sich an dessen Bein, und als Coffin Ed vorsprang, um ihn wegzustoßen, packte Roman auch sein Bein. Er erhob sich auf die Füße, hielt jeden der beiden großen Männer dabei an einem Bein gepackt und stieß sie mit den Köpfen gegen den Deckenbalken.

»Renn, Sassy, renn!« schrie er. »Geschrei hilf jetz nich!«

Das Kreischen brach ebenso plötzlich ab, wie es eingesetzt hatte. Sassafras sprang auf und rannte zur Tür.

Grave Digger und Coffin Ed trommelten mit ihren Revolvern auf Romans Kopf. Roman ging in die Knie, ließ ihre Beine aber nicht los. »Renn, Sassy«, keuchte er.

Unter der Tür hielt sie aber noch einmal inne, machte kehrt und riß ihren neuen Mantel an sich. Grave Digger griff nach ihr, bekam sie aber nicht zu fassen. »Laß los, du Schandmaul!« Zähneknirschend bearbeitete Coffin Ed Romans Kopf weiter mit seiner Waffe.

Aber Roman hielt beide so lange fest, daß Sassafras wie eine gehetzte Hinterhofkatze die Treppe hinunterrennen konnte. Erst dann löste sich sein Griff. Mit einem blöden Grinsen murmelte er: »Harter, fester Knochen …« Dann sank er nach vorn und rollte auf die Seite.

Coffin Ed sprang zur Treppe. Lispelnd rief Grave Digger hinter ihm her: »Laß sie laufen, laß sie laufen. Er hats verdient.«

13

Es war elf Uhr am Sonntagmorgen, und die guten farbigen Bürger Harlems waren auf dem Weg zur Kirche. Es war ein düsterer verhängter Tag, so trostlos, daß selbst der verhärtetste Sünder erst zweimal an die warmen, sonnigen Gefilde des Paradieses dachte, ehe er sich umdrehte und weiterschlief.

Grave Digger und Coffin Ed betrachteten gleichgültig die Menge, während sie zum Harlem-Hospital fuhren. Es war der typische Sonntagsanblick, ob Regen fiel oder ob die Sonne schien:

Alte weißhaarige Tanten, wie Baumwollballen gegen die scharfe Kälte vermummt, und ihre ebenso weißhaarigen Männer trotteten in übergroßen Galoschen dahin wie die letzte Herde Onkel Toms, die auf halberfrorenen Füßen der Erlösung entgegenschwankte.

Paare in mittleren Jahren und ihre Brut, Erzeugnisse der Nachkriegsgeneration, der erfolgreichen Generation, die in ihrer guten warmen Kleidung scheinheilig aussahen und Gott für die Segnungen der Weißen loben wollten.

Junge Männer, die es noch nicht geschafft hatten und leichte Anzüge und Mäntel trugen, die ihrer Farbe wegen statt ihrer Qualität auf Raten gekauft worden waren. Unter ihre pastellfarbenen Hemden hatten sie dicke Schichten Zeitungspapier gepackt, um sich warm zu halten. Sie lachten über die unbegreiflichen Worte Gottes und waren wie Salomon hinter den hübschen braunhäutigen Mädchen her.

Junge Frauen, die es unter allen Umständen schaffen wollten und wenn sie dabei tot umfallen sollten, waren aschgrau vor Kälte, vor der die schreienden Farben der billigen amerikanischen Textilien sie nicht bewahren konnten. Manche von ihnen holten sich gerade in dem Augenblick die Lungenentzündung, die sie vor eben jenen Gott bringen sollte, den zu verehren sie auf dem Weg waren.

Sie kamen aus allen Gegenden Harlems.

Sie gingen in alle Gegenden Harlems.

Zu großen Kirchen und kleinen Kirchen, zu Kirchen aus Stein und Kirchen mit Ladenfassaden, zu selbstgebauten Kirchen und Kirchen, die ihnen überlassen worden waren. Zu Kirchen der Baptisten und Kirchen der African Episcopal Zionists, zu Kirchen der Holy Rollers und zu Kirchen von Father Divine und Daddy Grace und vom Brennenden Dornbusch, zu Kirchen Gottes und Christi.

Um ihre Prediger anzuhören, die das Wort Gottes verkündeten; fette schwarze Prediger und hochgewachsene gelbe Prediger; Prediger mit vollem Haar und Prediger mit Kahlköpfen; zu Familienpredigern und Playboypredigern; zu Predigern für Männer und zu Predigern für Damen und zu Predigern für Kinder. Um sich jede Predigt anzuhören, die ihrem Prediger in den Sinn kam. Doch an diesem kalten Tag war sie am besten heiß.

Grave Digger und Coffin Ed parkten ihr Wrack vor dem Harlem-Hospital und gingen zum Empfang. Sie verlangten Casper Holmes zu sprechen.

Die kühle, junge farbige Schwester am Empfang nahm einen Telefonhörer ab und sprach einige Worte. Sie legte ihn wieder zurück und schenkte ihnen ein distanziertes Lächeln.

»Es tut mir leid, aber Mister Holmes ist noch bewußtlos«, sagte sie.

»Sparen Sie sich das Mitleid mit uns, heben Sie es für ihn auf«, sagte Coffin Ed.

Ihr Lächeln gefror, als ob eine Laus gewagt hätte, ihr zu widersprechen.

»Sagen Sie ihm, es sind Digger Jones und Ed Johnson«, lispelte Grave Digger.

Mit fasziniertem Entsetzen starrte sie auf die Bewegungen seiner aufgequollenen Lippen.

»Sagen Sie ihm, gleich nach uns kämen die Konföderierten«, fuhr er fort. »Vielleicht weckt ihn das aus seiner Bewußtlosigkeit.«

Ihr Gesicht verzog sich, als ob sie etwas Unangenehmes geschluckt hätte. »Konföderierte?« murmelte sie.

»Sie wissen doch, wer die Konföderierten sind«, sagte Coffin Ed. »Das sind die Leute, die dafür gekämpft haben, daß wir Sklaven bleiben.«

Sie lächelte andeutungsweise, um zu beweisen, daß sie gegenüber Sklavenwitzen nicht empfindlich war.

Die beiden starrten sie ernst an.

Sie wartete, und die beiden warteten.

Schließlich griff sie wieder nach dem Telefon und wiederholte ihre Mitteilung an die Stationsschwester. Sie hörten, wie sie sagte: »Nein, nicht Konferenzteilnehmer; sie haben Kon-fö-de-rier-te gesagt ... ja.«

Sie legte auf und sagte unverbindlich: »Sie müssen warten.« Keiner der beiden rührte sich von der Stelle.

»Warten Sie bitte im Warteraum«, sagte sie.

Hinter ihnen befand sich eine kleine Nische mit einem Tisch und mehreren Stühlen, von denen einige besetzt waren.

»Wir warten hier«, lispelte Grave Digger.

Sie verzog den Mund. Das Telefon klingelte. Sie nahm den Hörer ab. »Ja«, sagte sie dann. Sie blickte auf und sagte: »Sein Zimmer ist in der zweiten Etage. Nehmen Sie den rechten Fahrstuhl, bitte. Die Stationsschwester wird Sie hinführen.«

»Sehen Sie«, lispelte Grave Digger. »Sie ahnen gar nicht, was die Konföderierten alles schaffen.«

Das Zimmer war voller Blumen. Casper Holmes saß aufrecht in seinem weißen Bett und trug einen Turban aus weißen Bandagen. Sein breites schwarzes Gesicht glänzte aggressiv über dem gelbseidenen Schlafanzug. Er sah aus wie ein afrikanischer Potentat, aber der Augenblick war für Schmeicheleien nicht geeignet.

Fenstertüren führten auf eine Terrasse, die nach Osten lag. Zwei tiefe Polstersessel standen auf der einen Seite neben dem Bett. Auf der anderen überschwemmten die Reste eines Frühstücks einen Servierwagen. Die Detektive bemerkten mit einem Blick, daß es ein reichhaltiges Frühstück gewesen war, mit Bratwürstchen, pochierten Eiern auf Toast, Maisgrütze in brauner Butter, Obst und Kornflocken mit Sahne und einer silbernen Kanne Kaffee. Eine Kiste Havannas stand neben einem Korb mit Früchten auf dem Nachttisch.

Die Detektive nahmen ihre Hüte ab.

»Setzt euch, Boys«, sagte Casper. »Wie war das mit den Konföderierten?«

Grave Digger sah sich nach einer Fensterbank um, auf die er sich setzen konnte, wurde durch die Fenstertüren enttäuscht und begnügte sich mit der Armlehne eines Sessels. Coffin Ed zog sich in eine Ecke zurück, wo sein zernarbtes Gesicht im Schatten lag, und lehnte sich gegen die Wand.

»Das war nur so ein Witz, Boss«, lispelte Grave Digger. »Wir dachten nur, Sie würden gern mit uns sprechen, ehe die großen Tiere vom Präsidium bei Ihnen aufkreuzen.« Casper runzelte die Stirn. Diese Unterstellung, daß er es vorziehen könnte, mit zwei farbigen Revierdetektiven zu sprechen, anstatt mit weißen Inspektoren vom Präsidium, paßte ihm eigentlich nicht. Da er das aber schon stillschweigend eingeräumt hatte, als er sie empfing, entschloß er sich, die Bemerkung wortlos hinzunehmen.

»Ein verdammt peinlicher Zwischenfall«, räumte er ein. »Und ausgerechnet vor meiner Haustür.«

Jetzt sah er wie ein zum Märtyrer erhobener Potentat aus.

»Das finden wir auch«, sagte Coffin Ed.

Casper ließ einen berechnenden Blick von einem zum anderen wandern. »Euch muß es ja genauso gehen«, bemerkte er. »Wo wart ihr eigentlich, als es passierte?«

»Wir haben Hühnerfüßchen bei Mammy Louise gegessen«, gestand Grave Digger.

Casper starrte ihn an, um festzustellen, ob das ein Witz war, kam aber zu der Überzeugung, daß Grave Digger es ernst meinte. Er öffnete die Zigarrenkiste, wählte bedacht eine aus, griff nach einem kunstvollen Instrument auf dem Nachttisch und schnitt behutsam die Spitze ab. Dann griff er nach einem kostbaren goldenen Feuerzeug hinter der Zigarrenkiste und hielt die Flamme an die Zigarre wie ein Goldschmied, der mit einem Miniaturschweißbrenner Goldfiligran bearbeitete, klappte das Feuerzeug wieder zu, rollte das Ende der Zigarre lang zwischen seinen wulstigen Lippen und blies einen dünnen Rauchstrahl aus. Der feine Duft des guten Tabaks vertrieb die Hospitalgerüche.

Nachträglich fiel ihm ein, den beiden Detektiven die Zigarrenkiste hinzuhalten. Beide lehnten ab.

»Ich will euch sagen, was ich weiß, wenn es auch nicht viel ist«, sagte er. »Dann wollen wir sehen, was sich daraus machen läßt. Ihr Boys müßt ja die ganze Nacht an dem Fall gearbeitet haben.«

»Wir sind noch dabei«, lispelte Grave Digger.

»Zuerst wollen wir Ihnen sagen, was wir gefunden haben«, sagte Coffin Ed. »Einen farbigen Matrosen, einen Farmboy aus Alabama, der gestern abend gegen sechs Uhr sein Schiff verließ. Er hat ein ganzes Jahr gearbeitet, um sich das Geld für einen Wagen zu sparen. Als er seine Heuer ausbezahlt bekommen hatte, besaß er sechstausendfünfhundert Dollar in Hundertem, die er in einem Geldgürtel bei sich trug. Das Schiff liegt in Brooklyn am Pier. Es war acht Uhr, als er in Harlem ankam. Dort traf er sich mit seiner Freundin, einer Sassafras Jenkins. Sie tranken zusammen ein paar Gläser und fuhren dann mit einem Taxi zur unteren Convent Avenue, wo er mit einem Mister Baron verabredet war, der ihm den Wagen verkaufte.«

Casper rauchte gelassen. Sein schwarzes Gesicht blieb unbeweglich.

»Verabredet waren sie für zehn Uhr«, fuhr Coffin Ed fort. »Baron kam eine halbe Stunde zu spät. Er fuhr mit einem Weißen im Wagen vor. Roman und sein Mädchen warteten auf der Straße vor der Dermatologischen Klinik in der 126th Street. Der Weiße stieg aus und ging in ein Büro, das oben in einem Hinterhaus lag. Roman und sein Mädchen blieben mit Baron eine weitere halbe Stunde auf der Straße und besichtigten den Wagen. Langsam sammelte sich eine kleine Menschenmenge an, Leute, die aus einem Supermarkt weiter oben an der Straße kamen. Es war ein nagelneuer Cadillac mit goldener Lackierung. Baron verkaufte ihn an Roman für sechstausendfünfhundert Dollar.«

Casper blinzelte, sagte aber nichts.

»Sie haben selbst ein Cadillac-Kabriolett. Was hat es gekostet?« fragte Grave Digger.

»Mit Zubehör über achttausend Dollar«, antwortete Casper.

»Roman bezahlte nur sechstausendfünfhundert«, sagte Coffin Ed. »Die drei gingen schließlich zusammen in das Büro hinauf, in dem der Weiße wartete, und schlossen einen Kaufvertrag ab. Sassafras unterschrieb als Zeugin, und der Weiße beglaubigte als öffentlicher Notar, wobei er sich des Namens Bernard Kaufman bediente. Danach ging der Weiße. Anschließend unternahmen die drei auf Barons Vorschlag hin mit dem Wagen eine Probefahrt. Er schlug vor, Roman sollte in die Straße südlich des Convents einbiegen, in der wenig oder gar kein Verkehr herrsche, damit er die Beschleunigung erproben konnte. Kaum hatte Roman Gas gegeben, als er eine alte Frau überfuhr, die die Straße überquerte. Er wollte anhalten, aber Baron drängte ihn weiterzufahren. Roman hatte noch keine Versicherung. Der Wagen trug noch die Nummern des Händlers. Roman konnte ihn erst am Montagmorgen zulassen, und einen Führerschein besaß er auch nicht. Seine Freundin glaubte nicht, daß die alte Frau ernstlich verletzt worden war, aber er beging Fahrerflucht. Er war noch nicht bis zur nächsten Ecke gekommen, als ihn ein Buick überholte und zum Anhalten zwang. Drei Männer in Polizeiuniformen stiegen aus, beschuldigten ihn, einen Verkehrsunfall mit tödlichem Ausgang verursacht und Fahrerflucht begangen zu haben, und zwangen die drei, aus dem Cadillac auszusteigen.«

Casper setzte sich senkrecht auf. Sein Gesicht nahm eine leicht graue Färbung an.

Coffin Ed wartete auf eine Äußerung, aber Casper sagte immer noch nichts.

»Die falschen Polizisten zwangen Roman und das Mädchen, in den Buick zu steigen, schlugen Baron nieder, nahmen ihm die sechstausendfünfhundert Dollar ab und fuhren mit dem Cadillac davon. Wir waren die ganze Nacht hinter dem Buick her und haben ihn und Roman gefunden. Wir haben eine Aussage von Roman. Er behauptet, Baron hätte zugegeben, daß die alte Frau wieder aufstand, nachdem er sie angefahren hatte. Folglich müssen die Banditen in dem Buick sie ein zweites Mal überfahren und getötet haben.«

Casper sah aus, als ob ihm schlecht würde. »Das ist ja grauenhaft«, sagte er mit leiser Stimme.

»Es war noch schlimmer, als Sie glauben«, lispelte Grave Digger.

»Aber ich verstehe nicht, was das mit dem Raubüberfall auf mich zu tun haben soll.«

»Dazu komme ich jetzt«, antwortete Coffin Ed.

Casper konnte Coffin Eds Gesicht im Schatten nicht deutlich sehen, und das störte ihn. »Kommen Sie näher, und setzen Sie sich so, daß ich Sie besser verstehen kann«, verlangte er.

»Ich werde lauter sprechen«, antwortete Coffin Ed.

Ärger flackerte auf Caspers Gesicht auf, aber er widersprach nicht. Er griff nach dem goldenen Feuerzeug, setzte seine Zigarre wieder in Brand und verbarg sich hinter einer Rauchwolke.

»Bisher haben wir über Baron noch nichts herausbekommen«, fuhr Coffin Ed fort. »Wir fragten den Hausverwalter des Gebäudes, in dem das Büro liegt. Das Büro steht leer und ist zu vermieten. Der Hausverwalter war gestern abend von neun bis zwei Uhr fort. Der Cadillac wurde noch nicht gefunden. Es liegt bisher keine Meldung vor, daß er gestohlen wurde. Die Händler haben sonntags geschlossen, es wurde aber auch nicht gemeldet, daß bei einem eingebrochen wurde. Den Besitzer des Buick haben wir aber gefunden. Er ist

Geschäftsführer in einem Eisenwarenladen in Yonkers. Als er gestern abend um sieben Uhr nach Hause kam, parkte er seinen Wagen wie immer vor seinem Haus und vermißte ihn erst heute morgen. Aber das hilft uns nicht weiter. Wir überprüften die Liste der amtlichen Notare in Manhattan. Einen namens Bernard Kaufman gibt es nicht. Die von ihm angegebene Adresse ist falsch und das Siegel auch.«

»Das ist alles schön und gut, aber wo besteht die Verbindung?« knurrte Casper ungeduldig. »Die Banditen, die Sie überfallen und beraubt haben, überfuhren und töteten wenige Minuten später vorsätzlich die alte Frau.«

»Das beweist nur, daß sie brutale Mutterschänder sind«, sagte Casper grollend und fiel unwillkürlich in das Harlemer Idiom seiner Jugend zurück. »Das ist aber auch alles.«

»Nicht ganz«, widersprach Grave Digger lispelnd.

»Die alte Frau war gar keine alte Frau«, ergänzte Coffin Ed. »Es war einer dieser Schwulen, bekannt unter dem Namen Black Beauty.«

Casper würgte hustend an Zigarrenrauch. Grave Digger trat neben ihn ans Bett und klopfte ihm auf den Rücken. In diesem Augenblick trat eine Schwester ein; sie erstarrte.

»Machen Sie kein Theater«, fuhr Casper sie keuchend an. »Ich hab mich nur verschluckt.«

»Ich bringe Ihnen ein Glas Wasser und ein Beruhigungsmittel«, versprach sie hastig, wobei sie Grave Digger mißbilligend ansah. »Sie sollten nicht soviel sprechen, und Sie haben keine Erlaubnis, zu rauchen. Und einen Patienten auf den Rücken zu schlagen«, fügte sie, zu Grave Digger gewandt, hinzu, »ist ganz falsch, wenn er sich verschluckt hat.«

»Es wirkt aber«, lispelte Grave Digger.

»Himmeldonnerwetter, stören Sie mich jetzt nicht länger«, schnauzte Casper die Schwester an und wischte sich mit dem Handrücken Tränen aus dem Gesicht. »Ich bin beschäftigt.«

Die Schwester ging beleidigt hinaus.

»Verdammt noch mal, von mir aus war es also ein schwuler Mutterschänder, der Black Beauty genannt wurde«, warf Casper hin. »Was hat das schon zu bedeuten?«

»Sein richtiger Name ist Junior Ball«, erwiderte Coffin Ed. »Heute morgen um halb zehn erschien Ihre Frau, Mrs. Leila Holmes, im Leichenschauhaus, identifizierte den Toten und beantragte, daß er ihr zur Bestattung überlassen würde.«

Casper zeigte kein Zeichen der Empörung oder der Überraschung oder sonst eines Gefühls, das man hätte erwarten können. Er begann nur, gefährlich niederträchtig auszusehen. Er spuckte nasse Tabakfetzchen aus und sagte im harten Ton eines Straßenschlägers: »Na und? Wenn er Junior Ball heißt, ist es ihr Vetter.«

»Was wir wissen wollen ist: warum überfährt ein Trio Banditen, das Ihnen gerade fünfzigtausend Dollar geraubt hat, den Vetter Ihrer Frau und tötet ihn?« fragte Coffin Ed.

»Hölle, Mutterschänder und Teufel, woher soll ich das wissen?« zischte Casper. »Wenn ihr glaubt, daß meine Frau es weiß, dann fragt sie doch.«

»Keine Sorge, wir werden sie noch fragen«, lispelte Grave Digger.

»Dann geht doch, verflucht noch mal, hin und fragt sie«, schrie Casper; sein Gesicht nahm eine leuchtende, apoplektische Schattierung von Schwarzviolett an. »Und tut nicht so mutterschänderisch schlau. Sonst sorge ich noch dafür, daß ihr bei den Kanalräumern landet.«

»Regen Sie sich nicht überflüssig auf, Boss. In Ihrem Alter könnten Sie einen Schlaganfall bekommen«, lispelte Grave Digger.

Casper bezähmte sich mühsam. Er atmete mit einem langen, scharfen Seufzer aus, warf seine nur teilweise gerauchte Zigarre auf den Boden und griff ohne hinzusehen nach einer neuen. Seine Hände zitterten, als er sie anzündete.

»Also gut, Boys, lassen wir den ganzen Quatsch«, sagte er in versöhnlichem Ton. »Ihr wißt, was ich meine. Ich wünsche nicht, daß der Name meiner Frau in einen Skandal verwickelt wird.«

»Das hatten wir uns gedacht«, sagte Coffin Ed.

»Und vergeßt nicht, daß ich euch euren Job besorgt habe«, erklärte Casper.

»Ja, Sie und unsere gute Führung beim Militär ...«, begann Grave Digger.

»Nicht zu reden von unseren fünfundachtzig und siebenundachtzig Punkten bei der Prüfung für den öffentlichen Dienst«, ergänzte Coffin Ed.

Casper nahm die Zigarre zwischen seinen Zähnen heraus. »Schon gut, schon gut. Ihr glaubt also, man kann euch nichts anhaben.« Er spreizte die Hände. »Ich will euch auch gar nichts anhaben. Ich will nur, daß diese Mutterschänder von Banditen mit einem Minimum an Aufsehen gefaßt werden.« Er sog Rauch in die Lunge und ließ ihn in dünnen Fäden aus seinen weiten, flachen Nasenlöchern wieder ausströmen. »Und es wäre nicht euer Schaden, wenn diese Mutterschänder tot aufgefunden würden.« Er warf ihnen unter halbgeschlossenen Lidern einen verständnisheischenden Blick zu.

»So hatten wir uns das gedacht, Boss«, sagte Coffin Ed.

»Was, zum Teufel, meint ihr damit?« fuhr Casper wieder auf. »Nichts Besonderes, Boss. Nur, daß Tote nicht reden, Boss. Das war alles«, antwortete Coffin Ed.

Casper rührte sich nicht. Mit Obsidian-Augen blickte er von einem zum anderen. »Wenn ihr mir unterstellt, was ich glaube, breche ich euch beiden den Hals«, drohte er mit einer Stimme, die sehr gefährlich klang.

Einen Augenblick lang war im Raum nur sein mühsames Atmen zu hören. Der Hall gedämpfter Schritte kam vom Korridor. Unten auf der Straße ließ irgendein Dummkopf einen Motor auf vollen Touren laufen.

Schließlich sagte Grave Digger lispelnd: »Bleiben Sie auf dem Teppich, Casper. Wir kennen uns viel zu lange. Wir meinen nur, in Anbetracht der Wahlkampagne, die Sie bis zum November organisieren müssen, können Sie kein Gerede brauchen.«

Casper lenkte ein. »Na schön. Versucht nur nicht, mich zu reizen. Jetzt werde ich euch erzählen, was ich weiß, und wenn euch das nicht genügt, könnt ihr mir ja Fragen stellen. Zunächst mal: Ich habe keinen dieser verdammten Mutterschänder erkannt, und ich kenne so gut wie jeden in Harlem, entweder mit Namen oder wenigstens vom Sehen. Ich kenne niemand in der ganzen Stadt, der einen so frechen Überfall wagen würde, und ihr beide wohl auch nicht.«

Grave Digger nickte zustimmend.

»Deshalb nehme ich an, daß die Verbrecher aus einer anderen Stadt stammen. Müssen sie ja. Woher aber können sie gewußt haben, daß ich fünfzigtausend Dollar ausgehändigt bekommen sollte? Das ist die Frage. Denn erstens: Ich habe es niemand gesagt, keinem meiner Kompagnons, meiner Frau nicht, niemand. Zweitens: Ich selbst wußte nicht einmal genau, wann ich es bekommen sollte. Den Zeitpunkt erfuhr ich erst, als Grover Leighton, der Sekretär des Komitees, gestern abend zu mir ins Büro kam und mir das Geld auf den Tisch packte.«

»Das war doch ziemlich früh, oder nicht? Früh im Jahr, meine ich«, sagte Coffin Ed.

»Ja, ich habe erst im Mai oder April damit gerechnet, und das wäre schon früher als üblich gewesen. Im allgemeinen kam es sonst nicht vor Juni. Doch in diesem Jahr wollten sie mit den Vorbereitungen frühzeitig beginnen. Diesmal wird der Wahlkampf hart, mit all den Fernsehsendungen, den Krisen, dem Rassenproblem und dem ganzen Dreck. Wie die es also erfahren haben, noch ehe ich es selbst wußte – ich meine den genauen Termin der Auszahlung –, das kann ich mir einfach nicht vorstellen.«

»Vielleicht hat der Sekretär es durchsickern lassen«, meinte Grave Digger.

»Klar. Und vielleicht fressen in diesem Jahr die Frösche die Schlangen«, stimmte Casper zu. »Ich habe keine Ahnung. Aber laßt ihr zwei ihn ja in Ruhe. Das soll er mit den anderen Weißen ausmachen.« Er blinzelte. »Mit den Pinkertons und dem Commissioner und den Inspektoren. Ich – mir ist es verdammt egal, wie diese Banditen es erfahren haben. Ihr Boys kennt mich, ich bin Realist. Ich will mich nicht von fremden Mutterschändern ausplündern lassen. Ich will, daß diese Kerle gefaßt werden – das versteht ihr wohl. Und wenn ihr sie dabei umlegt, soll mirs nur recht sein. Ihr versteht schon. Ich will, daß jeder erfährt – aber auch jeder auf dieser verdammten elenden Welt –, daß kein Mutterschänder nach Harlem kommen und Casper Holmes ungestraft berauben kann.«

»Das haben wir begriffen, Boss«, sagte Coffin Ed. »Aber wir haben keine Spur. Sie kennen doch alles vorwärts und rückwärts auswendig. Wir dachten, daß Sie vielleicht eine Vermutung hätten. Darum sind wir vor den Konföderierten zu Ihnen gekommen.«

Casper ließ sich zu einem grimmigen Lächeln herab, das gleich wieder verschwand. »Funktionieren eure Pfeifer denn nicht mehr? In Harlem heißt es doch, daß keiner pinkeln gehen kann, ohne daß eure Pfeifer es euch mit allen Einzelheiten verraten.«

»Die nehmen wir uns noch vor«, lispelte Grave Digger.

»Na, dann nehmt sie euch doch vor«, sagte Casper. »Nehmt euch die Hurenhäuser vor und die Spielhöllen und die Rauschgiftschieber und die Callgirls. Verdammt noch mal – Halunken, die fünfzigtausend in der Tasche haben, müssen doch in irgendeiner Lasterhöhle was davon hängen lassen.«

»Wenn sie noch in der Stadt sind«, wiederholte Casper. »Zwei davon sind Nigger, und der Weiße ist ein Knallkopf. Wo, zum Teufel, sollen sie geblieben sein? Was würdet ihr machen, wenn ihr euch fünfzigtausend unter den Nagel gerissen hättet? Wo sonst würdet ihr was erleben wollen? Harlem ist die großartigste Stadt der Welt. Glaubt ihr wirklich, die wären von hier fort?«

Beide Detektive unterdrückten den Impuls, sich anzusehen.

Coffin Ed sagte leidenschaftslos: »Glauben Sie nicht, daß wir nicht am Ball sind, Casper. Das waren wir vom ersten Augenblick an, als es knallte. Menschen wurden dabei verletzt, andere umgebracht. Sie können es in den Zeitungen nachlesen. Auch wir haben unser Teil abbekommen, aber das wirft uns noch nicht um.«

Casper betrachtete Grave Diggers geschwollenen Mund. »Das bringt der Beruf so mit sich«, sagte er.

14

Die Wohnung lag im vierten Stock der obersten Etage eines alten Sandsteinhauses an der 110th Street, von wo aus man die Lagune im oberen Central Park übersah.

Schweigend stiegen sie die Marmorstufen hinauf und stießen die alte, kunstvoll geschnitzte Tür mit den geschliffenen Spiegelglasscheiben auf.

Sie durchquerten ein enges, eichengetäfeltes Foyer mit Wandleuchtern aus farbigem Glas und traten in einen alten, gebrechlichen Fahrstuhl.

Casper hatte die gesamte oberste Etage für sich. Ursprünglich waren dort zwei getrennte Wohnungen gewesen; die beiden Eingangstüren hatten an dem kleinen Vorplatz mit dem Fahrstuhl einander gegenübergelegen. Aber die eine Tür war jetzt zugemauert und verputzt, und übriggeblieben war nur eine rotlackierte mit einem kleinen gravierten Messingschild: CASPER HOLMES.

Ein junger Schwarzer in einer makellosen weißen Jacke öffnete die Tür auf ihr Klingeln. Er öffnete sie so lautlos, daß Grave Digger überrascht blinzelte.

»Mister Jones und Mister Johnson?« fragte der junge Mann.

»Als ob Sie das nicht wüßten«, antwortete Grave Digger.

»Wollen Sie mir bitte folgen, Sirs«, sagte er und führte sie zu dem vorderen Zimmer hinter der Diele.

Er brachte sie bis zur Tür und ließ sie dann allein.

Es war ein großer Raum mit Fenstern, von denen aus man den Central Park überblickte. In der Ferne ragten über Baumwipfeln die Türme des Rockefeiler Center und des Empire State Building in den trüben Dunst auf.

Grave Digger hob die Füße, um nicht über die dicken Orientteppiche zu stolpern, und Coffin Ed musterte mißtrauisch die Einrichtung; er überlegte, wohin er sich setzen solle. In dem Musikschrank war ein Stapel klassischer Jazzplatten aufgelegt, und als sie eintraten, spielte Louis Armstrong gerade *Where The Chickens Don't Roost So High*.

»Ich und meine Alte, wir haben zu der Musik oft im Savoy getanzt, bevor sie es abgerissen haben«, sagte Grave Digger und begann mit den Füßen durch den Teppich zu pflügen.

Er hatte noch den Hut auf dem Kopf und den Mantel an, und mit großem Eifer gab er sich den komplizierten Tanzschritten eines alten Jitterbug hin. Durch seine geschwollenen Lippen zog er schmatzend die parfümierte Luft ein.

Coffin Ed stand neben einer Louis-XIV-Causeuse und kratzte sich die Rippen.

»Digger, du wirst alt«, sagte er. »Die Schritte da sind mit den breiten Revers und den Zweireihern aus der Mode gekommen.«

»Wem sagst du das«, antwortete Grave Digger seufzend.

Durch eine innere Seitentür schoß Mrs. Holmes in den Raum wie eine Striptease-Tänzerin auf die Bühne. Verwirrt blieb sie mit offenem Mund stehen und stützte die Hände in die Hüften.

»Wenn ihr tanzen wollt, dann geht in die Theresa-Bar«, sagte sie mit einem kühlen Kontra-Alt. »Da ist heute nachmittag Tanztee.«

Grave Digger erstarrte mit einem Fuß in der Luft, und Coffin Ed lachte schallend. Gleichzeitig drehten sie sich um und starrten Mrs. Holmes an.

Ihre Schönheit war von dem Typ, der in den dreißiger Jahren durch ein Musical mit ausschließlich farbigen Darstellern und dem Titel *Brownskin Models* in Mode gekommen war. Sie war recht klein und vollbusig, hatte ein birnenförmiges Gesäß und schlanke Beine. Ihr welliges Haar war kurz geschnitten, und sie hatte ausdrucksvolle braune Augen mit langen Wimpern. Ihr Mund glich einer roten Nelke.

Sie trug Slacks aus Goldlame, die so eng saßen, daß jede Regung ihrer Muskeln sichtbar wurde. Um die Taille trug sie einen vier Zoll breiten Gürtel aus schwarzem Leder mit goldenen Figuren. Ihre Brüste füllten den Jerseypullover aus blauer Seide, als ob sie jeden Mann, der vor sie trat, scharf aufs Korn nähmen.

Beide Männer rissen sich den Hut vom Kopf und standen verlegen und unbeholfen da.

»Ich hab mich nur eben ein bißchen entspannt«, lispelte Grave Digger entschuldigend. »Wir haben eine anstrengende Nacht hinter uns.«

Sie betrachtete seine geschwollenen Lippen und lächelte anzüglich. »Sie sollten nicht so intensiv lieben«, murmelte sie.

Grave Digger spürte, wie sich die Hitze über sein Gesicht ausbreitete. Coffin Ed schien nicht recht zu wissen, was er mit seinen Füßen anfangen sollte.

Sie ging zu dem Kamin mit der imitierten Glut, den zwei Sofas flankierten, wobei sie sich langsam und herausfordernd in den Hüften wiegte. Sie setzte sich mit dem Rücken zum Fenster und zog ihre Füße unter sich. Sie wußte, daß der rote Widerschein der künstlichen Glut auf ihrer Haut und ihrem Kostüm sie exotisch wirken ließ. Ihre Augen begannen zu leuchten.

Sie bedeutete den beiden, sich auf das Sofa ihr gegenüber zu setzen.

Zwischen beiden Sofas stand ein riesiger, kniehoher runder Tisch, ein Eßtisch, dem man die Beine kurz gesägt hatte. Er war mit Sonntagszeitungen übersät. Alle zeigten unter den Schlagzeilen über den Raubüberfall Caspers Gesicht.

»Sie wollen mit mir über meinen Vetter sprechen«, begann sie.

»Nun ja, es ist folgendermaßen« antwortete Coffin Ed. »Wir versuchen ausfindig zu machen, welche Verbindung zwischen Black Beauty und einem Mann namens Baron bestand.«

Sie runzelte die hübsche Stirn. »Ich verstehe das alles nicht. Ich kenne niemand, der Black Beauty oder Baron heißt.«

Die Detektive starrten sie einen Augenblick lang scharf an.

»Black Beauty ist Ihr Vetter«, lispelte Grave Digger.

»Oh«, antwortete sie. »Ich habe nie gehört, daß er mit diesem Namen angesprochen wurde. Woher wissen Sie das?«

»Es steht in den Zeitungen«, antwortete Coffin Ed.

Ihre Augen weiteten sich. »Wirklich?« Sie veränderte ihre Stellung etwas, so daß das rote Licht auf dem schwarzen Gürtel und den gestickten goldenen Figuren glänzte. »Ich habe nicht darauf geachtet. Ich war zu verstört.« Sie schauderte und bedeckte ihr Gesicht mit den Händen. Ihre Brüste bebten. Grave Digger sah sie an und fragte sich, wie sie das machte.

»Ich verstehe«, sagte Coffin Ed mitfühlend. »Was ich aber nicht verstehe, ist: Woher wußten Sie, daß der Tote Ihr Vetter Junior Ball ist? Denn alle Zeitungen nennen ihn immer nur Black Beauty.«

Sie nahm die Hände vom Gesicht und starrte ihn hochmütig an. »Wollen Sie mich ins Kreuzverhör nehmen?« fragte sie in kaltem, herrischem Ton.

»Mehr oder weniger«, antwortete Grave Digger lispelnd. Seine Stimme bekam einen ausgedörrten Ton.

Sie sprang auf. »Dann können Sie gehen«, sagte sie.

Coffin Ed warf Grave Digger einen vorwurfsvollen Blick zu, dann sah er zu Mrs. Holmes auf und spreizte beschwörend die Hände.

»Hören Sie uns bitte an, Missus Holmes. Wir haben eine lange, anstrengende Nacht hinter uns. Wir versuchen doch nur, die Verbrecher zu fassen, die Ihren Mann beraubt haben. Wir wissen, daran liegt Ihnen ebensoviel wie Ihrem Mann. Wir haben Ihnen nicht nahetreten wollen. Wir folgen einfach nur einer dünnen Fährte. Können Sie uns nicht noch ein paar Minuten opfern?«

Sie sah von ihm zu Grave Digger. Grave Digger sagte mit mühsamen, heiseren Lispeln: »Ich habe es nicht so gemeint, wie Sie es aufgefaßt haben. Meine Nerven sind etwas überfordert.«

»Meine auch«, erwiderte sie mit einer Stimme, die merklich rauher geworden war. »Wenn Sie höflich bleiben, will ich Ihnen nach besten Kräften helfen«, räumte sie schließlich ein.

Coffin Ed zermarterte sich den Kopf, wie er seine Frage formulieren sollte. »Also, es geht um folgendes«, sagte er. »Wir wüßten gern, was Ball getan hat – ich meine beruflich.«

»Er war Modeschöpfer«, antwortete sie. »Er machte Modeartikel aus Leder.«

Sie bemerkte, daß Grave Digger scharf auf ihren Gürtel starrte, und zuckte leicht zurück.

»Ihren Gürtel auch?« fragte er.

Sie zögerte, als ob sie die Antwort verweigern wollte, dann gab sie widerwillig zu: »Ja.«

Grave Digger hatte einige der goldenen Figuren erkannt, die den Gürtel schmückten. Es waren Fauns, die nackte Männer und Frauen in grotesken Positionen auf ihre Hörner gespießt hatten. Plötzlich schoß ihm der Gedanke durch den Kopf, Junior Ball sei von einem seiner eigenen Pans aufgespießt worden.

Coffin Ed griff Grave Diggers Gedanken auf. »Hat er jemals für Baron gearbeitet?« fragte er. »Für ihn etwas entworfen?«

»Ich habe Ihnen schon gesagt, daß ich diesen Baron nicht kenne«, erwiderte sie mit immer noch rauher Stimme. »Was hat er denn mit der ganzen Geschichte zu tun?«

»Nun ja, ich will Ihnen erklären, wie es ist«, antwortete Coffin Ed und schilderte ihr, was Roman ausgesagt hatte. »Sie werden jetzt einsehen«, schloß er, »daß Ball und dieser Baron gemeinsam dunkle Geschäfte betrieben.«

Sie runzelte wieder die Stirn, aber diesmal wirkte es nicht hübsch.

»Schon möglich«, räumte sie ein. »Wenn ich auch nicht verstehe, weshalb Junior sich auf irgendwelche dunklen Geschäfte hätte einlassen sollen. Er hatte in seinem Beruf großen Erfolg, und es fehlte ihm an nichts. Und ich verstehe immer noch nicht, wie dieser Baron

Sie auf die Spur dieser Verbrecher führen soll, die Casper beraubt haben.«

»Zunächst einmal, weil er Gelegenheit hatte, sie sich genau anzusehen«, antwortete Coffin Ed. »Er hat mit ihnen gesprochen, er kennt ihre Stimmen.«

»Und wir vermuten außerdem, daß er sie schon länger kennt«, fügte Grave Digger hinzu.

Sie seufzte theatralisch. »Ich habe mich mit vielen merkwürdigen Dingen abfinden müssen, seit mein Mann politisch tätig ist«, sagte sie, »aber all diese entsetzlichen Gewalttaten sind zu viel für mich.« Ein Zittern durchlief ihren Körper, sie erbebte von Kopf bis Fuß.

Grave Digger leckte sich die geschwollenen Lippen. Er mußte an einige der alleinstehenden, welterfahrenen Frauen in Harlem denken, die er seit längerer Zeit nicht mehr besucht hatte.

Sie erriet, an was er dachte, und warf ihm von unten her einen schnellen Blick zu, wobei ihre großen braunen Augen einen kurzen Augenblick lang völlig nackt waren. Dann wandte sie das Gesicht ab, blickte ins Feuer, und ihr Ausdruck wurde bedrückt.

»Ich kann ihm nur raten, mir nicht im Dunkeln auf der Straße zu begegnen«, lispelte Grave Digger mit belegter Stimme.

Sie fuhr herum und starrte ihn an. »Oh!« Der rote Widerschein auf ihrem Gesicht schien irgendwo unter der Bräune ihrer Haut reflektiert zu werden. »Ich glaubte, Sie hätten gesagt ...« Sie hatte verstanden: *›Ich kann dir nur raten, mir nicht im Dunkeln auf der Straße zu begegnen.‹* Einen Augenblick lang war sie verwirrt und wurde auf sich selbst wütend.

»Ich habe Ihnen geholfen, so gut ich konnte«, sagte sie abrupt. Sie begann ernstlich zu zittern. »Gehen Sie bitte. Ich kann es nicht länger ertragen.« In ihren Augen standen Tränen. Das machte sie noch begehrenswerter, als wenn sie sich hochmütig gab. Coffin Ed stand auf und klopfte Grave Digger auf die Schulter. Grave Digger zuckte zusammen, als erwache er aus einer Trance.

»Nur noch eines«, sagte Coffin Ed. »Wissen Sie, ob sich Ihr Mann gestern abend mit Junior getroffen hat?«

»Ich habe keine Ahnung. Fragen Sie mich nichts mehr«, sagte sie unter Tränen. »Alles, was ich weiß, habe ich in den Zeitungen gelesen. Ich habe noch nicht mit Casper gesprochen. Er ist immer noch bewußtlos. Und ich weiß nicht …« Sie brach ab, als ob ihr plötzlich ein Gedanke gekommen wäre. »Aber wenn Sie sich so sehr für Juniors Angelegenheiten interessieren, dann gehen Sie doch zu seinem Kompagnon Zog Ziegler. Der muß mehr wissen.«

Einen Augenblick lang wurden die beiden Detektive von einer kaum wahrnehmbaren Erstarrung gepackt – als ob sie darauf lauschten, ob sich in weiter Ferne ein Geräusch wiederholen würde.

»Zog Ziegler«, wiederholte Coffin Ed mit ausdrucksloser Stimme. »Wissen Sie seine Adresse?«

»Irgendwo in der 119th Street«, antwortete sie. »Gehen Sie doch hin, und suchen Sie nach ihm. Wenn Sie das Haus sehen, erkennen Sie es sofort.«

Vor Ungeduld, die beiden endlich gehen zu sehen, schien sie knapp vor einem hysterischen Anfall.

»Guten Tag, Missus Holmes, und vielen Dank«, sagte Coffin Ed, und Grave Digger fügte lispelnd hinzu: »Sie haben uns mehr geholfen, als Sie ahnen.«

Bei der versteckten Drohung in seinen Worten schien sie kurz zu erstarren, blickte aber nicht auf.

Als sie auf die Straße hinauskamen, sanken große, fette Schneeflocken aus dem massiv grauen Himmel herunter. Die regungslose Luft war um Grade wärmer geworden, und die Schneeflocken blieben kleben, wo sie hinfielen – zu schwer, um weiterzutreiben.

»Sie hat mich genau verstanden, dieses scharfe kleine Biest.«

»Haben wir doch alle«, meinte Coffin Ed.

»Auf deine Frage ist sie überhaupt nicht eingegangen.«

»Sie hat genug gesagt.«

Ehe sie in ihren Wagen stiegen, blieben sie für einen Augenblick stehen und betrachteten das Wrack.

»Wir wechseln wohl besser den Untersatz, ehe wir in die Stadt fahren«, sagte Grave Digger. »Sonst werden wir noch wegen Verkehrsgefährdung festgenommen.«

»Wir können beim Revier vorbeifahren und dort meinen Wagen holen.«

»Und unterwegs kurz bei Fats anhalten, auf einen Schluck.«

»Whisky hilft uns auch nicht weiter«, warnte Coffin Ed.

»Zum Teufel, so fertig, wie ich bin, spielt das gar keine Rolle mehr«, antwortete Grave Digger.

15

Es war vier Uhr, als Casper mit den hohen und halbhohen Tieren des Präsidiums fertig war. Er hatte es mit dem Chefinspektor zu tun gehabt, dem Inspektor, der das Morddezernat leitete, mit Leutnant Brogan und einem Stenografen vom Morddezernat und zwei weiteren Leutnants vom Präsidium.

Sie hatten ihn behutsam angefaßt, mit allem schuldigen Respekt für die besondere Empfindlichkeit eines Politikers, der Wählerstimmen sammelte, aber trotzdem war er in die Mangel genommen worden.

Worauf sie hauptsächlich herumritten, war der Punkt, wie das Geheimnis hatte durchsickern können. Der eine oder andere hatte wieder und wieder darauf hingewiesen, daß die Banditen von irgendwoher den Tip bekommen haben mußten, daß sie es nicht aus blauem Himmel hatten erfahren können. Bis Casper schließlich die Geduld gerissen war.

»Jawohl«, explodierte er, »ich habe ihnen den Tip gegeben. Ich habe es verraten. Ich hab gesagt, kommt, und holt es euch. Schlagt mir meinen mutterschänderischen Schädel ein und bringt noch ein paar andere dabei um. Denken Sie das vielleicht?«

»Es könnte doch jemand aus Ihrer Organisation gewesen sein«, hatte der Chefinspektor milde geantwortet.

»Na schön, dann war es jemand aus meiner Organisation. Dann gehen Sie doch los, und nehmen Sie den Betreffenden fest. Verhaften Sie gleich alle. Fangen Sie mit meinen beiden Sekretärinnen an. Greifen Sie sich meine Kompagnons. Vergessen Sie meine Mitarbeiter im Außendienst nicht. Von meiner Frau gar nicht zu reden. Bringen Sie alle in den Bau. Unterwerfen Sie sie dem dritten Grad. Kitzeln Sie sie ein bißchen mit dem sandgefüllten Schlauch. Und dann seht euch an, was dabei herauskommt! Nichts! Weil sie nichts wissen und nie was gewußt haben. Und falls doch, dann haben sie es nicht von mir erfahren, denn ich wußte selbst nicht, *daß* die Auszahlung erfolgen sollte, verdammt noch mal, und ich wußte nicht, *wann* sie erfolgen sollte.«

Niemand zuckte auch nur mit der Wimper bei seinem Ausbruch.

»Grover Leighton hat ausgesagt, er hätte Sie vor einigen Tagen unterrichtet, daß er Ihnen das Geld am Samstagabend bringen würde«, entgegnete der Chefinspektor ruhig. »An den genauen Tag kann er sich nicht erinnern.«

»Daran kann er sich nicht erinnern, weil er es mir nicht gesagt hat«, tobte Casper. »Er glaubt vielleicht, daß er es gesagt hat, aber Grover muß an ganze fünfzig Staaten denken, und wenn Sie glauben, er erinnert sich an jede verdammte Kleinigkeit, dann unterstellen Sie, daß er ein Elektronengehim hat.«

Dabei hatten sie es dann bewenden lassen.

Jetzt hatte Casper so starke Kopfschmerzen, daß ihm seine angebliche Bewußtlosigkeit lieber gewesen wäre. Eine Lernschwester war gekommen, um sein Zimmer aufzuräumen und die mit Zigarrenstummeln gefüllten Untertassen zu entfernen. Sie hatte eine der Fenstertüren geöffnet, um zu lüften, und der Anblick des dicht fallenden Schnees hatte Caspers Wut noch gesteigert.

Das Telefon auf dem Nachttisch klingelte. Er riß den Hörer hoch und schrie: »Sagen Sie, ich bin tot!«

Die kühle, beherrschte Stimme der Empfangsschwester fragte: »Wollen Sie nicht die Presse empfangen? Die Halle hier unten ist von Reportern und Fotografen überfüllt.«

»Sagen Sie ihnen, ich bin noch bewußtlos.«

»Sie haben aber die Verlautbarung der Polizei gesehen.«

»Dann sagen Sie ihnen, sie sollen zum Teufel gehen. Oder, ich hätte einen Rückfall gehabt. Sagen Sie ihnen, ich hätte Gehirnhautentzündung bekommen. Nein, das auf keinen Fall. Sagen Sie, ich ruhe mich jetzt aus und werde sie um acht Uhr empfangen.«

»Jawohl, Sir. Und es liegt auch ein Anruf der Detektei Pinkerton für Sie vor. Soll ich verbinden?«

Er zögerte einen Augenblick, wartete, daß sich sein sechster Sinn meldete, aber der schwieg.

»Also gut, verbinden Sie«, sagte er.

Eine ruhige, vertrauenerweckende Stimme fragte: »Spreche ich mit Mister Casper Holmes?«

»Am Apparat«, bestätigte Casper.

»Hier spricht Herbert Peters von der Detektei Pinkerton. Mister Grover Leighton hat uns beauftragt, Ihnen einen bewachten Krankenwagen zu schicken, um Sie vom Krankenhaus nach Hause zu transportieren.«

»Warum nicht einen Kinderwagen?« knurrte Casper.

Peters lachte höflich und verhalten. »Wenn Sie mir die ungefähre Zeit angeben, wann Sie das Krankenhaus verlassen wollen, werden wir alle notwendigen Vorkehrungen treffen.«

»Wenn es soweit ist, werde ich mir selbst ein Transportmittel besorgen«, antwortete Casper. »Aber ich beabsichtige, das Krankenhaus erst in zwei bis drei Tagen zu verlassen.«

»Sie wollen also nicht vor Dienstag nach Hause?«

»So ungefähr. Aber ich werde Sie nicht brauchen. Wenn ich nicht allein in meine Wohnung kommen kann, gehöre ich wieder in den Kindergarten.«

»Das trifft die Situation nicht ganz, Sir«, erwiderte Peters. »Es geht nicht darum, ob Sie fähig sind, für sich selbst zu sorgen. Einer unserer Leute ist getötet worden, und unglücklicherweise waren Sie Zeuge dieses Mordes. Solange Sie leben, besteht für die Mörder die Gefahr ...«

»Worauf Sie sich verlassen können«, unterbrach Casper ihn.

»Deshalb hält Mister Leighton es für lebenswichtig, daß wir Ihnen den Schutz geben, der für eine gefährdete Persönlichkeit von öffentlicher Bedeutung erforderlich ist.«

»Mister Leighton hat bereits einmal den Fehler begangen, aus eigener Machtvollkommenheit zu handeln«, entgegnete Casper.

»Gerade deshalb will er nicht noch einmal einen Fehler begehen«, erklärte Peters. »Deshalb ersuchen wir Sie im voraus um Ihre Unterstützung.« Er machte eine kurze Pause, ehe er hinzufügte: »Wir werden Sie in jedem Fall bewachen, ob Sie damit einverstanden sind oder nicht. Es wäre aber für alle Beteiligten weit angenehmer, wenn wir Ihre Unterstützung hätten.«

Casper fügte sich. »Also gut. Ich rufe Sie morgen an und sage Ihnen, wann ich hier fortgehe. Erreiche ich Sie in Ihrem Büro?«

»Wenn nicht mich, dann einen anderen.«

»Na schön. Geben Sie mir Ihre Telefonnummer.«

Nachdem er den Hörer aufgelegt hatte, wartete er etwa eine Minute, dann wählte er die Nummer, die Peters ihm angegeben hatte.

Eine unbekannte Stimme meldete sich: »Detektei Pinkerton.«

»Verbinden Sie mich mit Mister Herbert Peters.«

»Wer spricht dort, bitte?«

»Casper Holmes.«

Einen Augenblick später meldete sich Peters ruhige Stimme. »Ja, Mister Holmes?«

»Ich rufe nur zurück«, erklärte Casper, »weil ich über Telefon ja nicht feststellen kann, wer mich tatsächlich angerufen hat.«

»Ich verstehe, Mister Holmes. Ist das alles, Sir?«

»Das ist alles.«

Casper legte auf, setzte sich im Bett auf und überlegte. Die Lernschwester hatte ihre Arbeit beendet, das Fenster wieder geschlossen und war gegangen, ohne daß er es bemerkt hatte. Er nahm den Hörer wieder ab und befahl der Vermittlung, keine Gespräche mehr für ihn anzunehmen.

»Was soll ich sagen, wenn jemand anruft?«

»Sagen Sie, daß ich schlafe, und bitten Sie ihn, nach acht Uhr noch einmal anzurufen.«

»Jawohl, Sir.«

»Und geben Sie mir jetzt eine Amtsleitung.«

Als er das Amtszeichen hörte, wählte er eine Nummer. Eine Frauenstimme meldete sich. »Hel-looo?«

»Marie?«

»Ja. Bist du das, Casper?«

»Ja. Ist Joe da?«

»Ich rufe ihn. Was macht dein Schädel?«

»Der brummt. Ruf jetzt Joe.«

Er hörte sie rufen: »Jooooe! Es ist Casper.«

Joe Green war der größte Lotterieeinnehmer in Harlem. Er besaß Anteile an drei Lotterieunternehmen.

»Casper, wie gehts, alter Junge?« begrüßte er ihn mit heiserer Stimme.

»Mir fehlt nichts, was sich nicht mit ein paar Stunden Schlaf kurieren läßt.«

»Dir tut keiner weh, der dich auf den Kopf haut«, sagte Joe, »das weiß ich. Aber all die schönen grünen Papierchen, die sie dir weggenommen haben, das muß dich ganz schön in Wut gebracht haben.«

»War doch nicht mein Geld«, erwiderte Casper. »Die Banditen haben nur meine Ehre verletzt.«

»Und das wirst du diesen Mutterschändern nie verzeihen.«

»Darauf kannst du dich verlassen. Aber ich rufe dich an, um mir für heute abend ein paar deiner Boys auszuleihen.«

»Als Leibwache oder für Botengänge?«

»Ich will um halb acht hier verschwinden, in einem von Clays Leichenwagen ...«

Joe lachte. »Lande nur nicht auf dem Friedhof, Alter.«

Casper lachte auch. »Nicht mit Clays Hilfe. Nein, ich fahre nach Hause. Ich will den Aasgeiern von den Zeitungen aus dem Weg gehen. Unterwegs muß ich noch was erledigen. Ich will nur, daß die Boys mich beschatten.«

»Wird gemacht«, sagte Joe. »Wie wärs mit Big Six und George Drake im Cadillac? Die werden mit jeder Situation fertig. Oder willst du jemand anderes?«

»Nein, die sind schon okay. Sie sollen den Leichenwagen bei Clay abholen und sich in seiner Nähe halten, aber nicht zu nahe. Ich will nicht, daß es wie eine Prozession aussieht.«

»Kapiert, Daddy. Um welche Zeit?«

»Ich fahre hier um sieben Uhr dreißig ab. Am besten sind sie schon um sieben bei Clay.«

Joe zögerte. »Kannst du es nicht früher schaffen, Alter? Wenn das so weiterschneit wie jetzt, wird sich um halb acht nicht mehr viel bewegen.«

»Ich werde mich bewegen«, erklärte Casper.

»Also gut, mein Alter. Ich lasse dich bewachen«, sagte Joe.

»Also abgemacht«, sagte Casper. »Wir sehen uns in der Kirche.«

Nach dem Gespräch wählte er sofort eine andere Nummer, ohne den Hörer aus der Hand zu legen.

Eine gemessene Männerstimme meldete sich. »Bestattungsinstitut H. Exodus Clay. Guten Tag. Womit können wir Ihnen dienen?«

»Rufen Sie mir Clay an den Apparat.«

»Mister Clay ruht. Kann nicht ich Ihnen behilflich sein?«

»Wecken Sie ihn«, antwortete Casper. »Hier spricht Casper Holmes.«

»Oh, Mister Holmes. Jawohl, Sir, sofort, Sir.«

Wenige Augenblicke später meldete sich Clays dünne, streitsüchtige Stimme. »Casper, ich hatte schon lange gehofft, ich käme mit Ihnen endlich ins Geschäft.«

»Können Sie, Hank, wenn auch nicht so, wie Sies vielleicht möchten.« Nur wenige Menschen in Harlem wußten, daß das H. in Clays Namen für Henry stand; die meisten meinten, es bedeute entweder Himmel oder Hölle. »Ich brauche einen Leichenwagen.«

»Für Sie selbst oder für einen Freund?«

»Für mich selbst.«

»Ich frage nur, weil ich jetzt drei Leichenwagen habe. Den alten benutze ich für arme Leute, den mittleren für die Reichen und den neuen für Berühmtheiten. Ihnen gebe ich den neuen.«

»Nein, geben Sie mir den mittleren. Ich will kein Aufsehen, sondern heimlich aus dem Hospital verschwinden. Und Jackson soll ihn fahren. Nach dem sieht sich kein Mensch ein zweites Mal um. Wichtig ist, der Leichenwagen steht Punkt halb acht hier am Hinterausgang.«

»Bis dahin sind die Straßen zugeschneit«, protestierte Clay. »Können Sie es nicht früher schaffen? Oder einen Tag warten?«

»Kommt nicht in Frage. Jackson soll Schneeketten montieren. Außerdem werden ein paar Boys von Joe Green ihn bewachen. Machen Sie sich also weiter keine Sorgen.«

»Joe Greens Boys!« rief Clay entsetzt aus. »Hören Sie mal, Casper, wenn mit meinem Leichenwagen was passiert, schicke ich die Rechnung an die Parteizentrale.«

»Soll mir recht sein. Und sagen Sie Jackson, er soll mich zuerst zu meinem Büro in der 121th Street fahren.«

»Sagen Sie ihm das selbst«, erwiderte Clay.

Casper legte auf und nahm seine Armbanduhr vom Nachttisch. Es war dreizehn Minuten nach fünf. Dann legte er sie auf der Nachttischkante ab, griff wieder nach dem Telefonhörer und begann von neuem zu wählen.

Ein kühler Kontra-Alt meldete sich: »Hallo?«

»Leila? Hier Casper«, sagte er.

»Wie gehts dir, Schatz?« fragte sie im gleichen Ton, wie sie hallo gesagt hatte.

»Paß auf, ich komme gegen acht Uhr nach Hause«, sagte er. Sein Ton war so unpersönlich wie ihrer. »Ich wünsche, daß du zu Hause bleibst, bis ich da bin – oder sagen wir bis neun Uhr. Wenn jemand anruft und nach mir fragt, dann sage, daß ich noch im Hospital bin und nicht vor Dienstag nach Hause komme. Ich hätte einen Rückfall gehabt und wäre bewußtlos. Begriffen?«

»Ja, Schatz, ich habs begriffen.« Und mit unterdrückter Stimme fügte sie, wie für sich, hinzu: »Und ich werde mir auch das merken.«

»Was war das?«

»Ich hab nichts gesagt. Bei dir muß jemand etwas gesagt haben.«

»Na schön. Und halte dieses eine Mal wirklich den Mund.«

»Ist das alles?«

Ohne zu antworten, legte er den Hörer auf die Gabel zurück und griff nach einer Zigarre. Ehe er sie aber aufnehmen konnte, klingelte das Telefon wieder. Er hob den Hörer ab.

»Ein Anruf aus Washington D. C.«, meldete die Zentrale. »Ein Mister Grover Leighton ist am Apparat. Soll ich verbinden?«

»Ja.«

Grovers sonnige, aalglatte Stimme fragte: »Hallo, Casper, wie gehts dir?«

»Gut. Ich ruhe mich aus. Das ist im Augenblick alles, was ich kann.«

»Damit tust du genau das Richtige. Bleib nur dabei. Wir haben uns deinetwegen große Sorgen gemacht.«

»Kein Grund zur Sorge. Einem alten Hund wie mir kann man nichts anhaben.« Caspers Stimme hatte einen kaum wahrnehmbar devoten Ton angenommen.

»Das habe ich auch gesagt«, antwortete Grover gut gelaunt. »Und mach auch du dir keine Sorgen. Wir werden bald mit dem gleichen Betrag für dich überkommen.«

»Oh, deswegen habe ich mir keine Sorgen gemacht«, behauptete Casper. »Aber die großen Tiere von der Polizei hier haben versucht, mich ein bißchen unter Druck zu setzen.«

»Dich?« Grovers Stimme klang ehrlich schockiert. »Weshalb das?«

»Sie versuchen dahinterzukommen, woher die Banditen den Tip hatten«, antwortete Casper. »Und der Chefinspektor behauptet, du hättest ausgesagt, irgendwann im Verlauf der Woche hättest du mir angekündigt, wann du mit dem Geld kommen wolltest.«

Es folgte eine Pause, als ob Grover versuchte, sich daran zu erinnern. »Ja, ich glaube, ich habe etwas in diesem Sinne gesagt«, räumte er schließlich ein. »Aber ich dachte wirklich, ich hätte es dir am Mittwoch gesagt. Oder war es Donnerstag? Als wir wegen der Ortsgruppen in den einzelnen Stadtteilen telefonierten.«

»Paß mal auf, Grover. Daran mußt du dich ganz genau erinnern. Ich bin nämlich überzeugt, daß du mir bei diesem Gespräch nichts gesagt hast. Du kannst so einen Punkt leicht vergessen, ich aber nicht. Ich muß nur meine kleine Gruppe in Harlem im Kopf haben, du aber sämtliche Ortsgruppen in allen Staaten. Und ich bin ganz sicher, daß ich es nicht vergessen hätte, wenn du mir den Termin genannt hättest, denn dadurch ist die ganze Geschichte ja erst ins Rollen gekommen.«

»Vielleicht hast du recht«, räumte Grover ein. »Ich hatte die Absicht, es dir zu sagen, aber vermutlich habe ich es dann vergessen. Das ist doch wohl nicht so wichtig, oder?«

»Für dich nicht, und für mich auch nicht. Aber die großen Tiere hier unterstellen, es wäre durch mich durchgesickert.«

»Mein Gott!« Grovers Stimme klang entsetzt. »Die müssen verrückt sein. Sie versuchen doch nicht etwa, dir zuzusetzen?«

»Nein, so weit gehn sie noch nicht. Aber diese versteckten Unterstellungen gefallen mir nicht, ganz besonders nicht so kurz vor dem Wahlkampf.«

»Da hast du recht. Ich werde mal den Chefinspektor anrufen und dem ein Ende machen. Wenn die Banditen erst festgenommen sind, werden wir schon herausbekommen, wer ihnen den Tip gegeben hat. Aber ich rufe dich wegen was anderem an. Ich habe die New Yorker Agentur Pinkerton beauftragt, ein Auge auf dich zu haben. Wir wollen nicht, daß so eine Geschichte noch mal passiert. Außerdem sind die Leute jetzt selbst in die Geschichte verwickelt, da sie einen Mitarbeiter verloren haben.«

»Du weißt, daß ich mit allem einverstanden bin, Grover. In diesem Fall sogar gern. Es liegt ja auch in meinem Interesse.«

»Das habe ich den Leuten auch gesagt. Sie sind beauftragt, einen bewachten Krankenwagen zu stellen, um dich nach Hause zu bringen. Es sei denn, daß du was anderes arrangieren willst?«

»Nein, will ich nicht«, antwortete Casper. »Es ist mir so sehr angenehm. Ein Mann von der Agentur hat schon mit mir gesprochen. Ich habe ihm gesagt, daß ich ihn rechtzeitig benachrichtige, wenn ich hier fort will.«

»Also, dann ist ja alles geklärt.« Grovers Stimme klang erleichtert. »Paß auf dich auf, Casper. Wir wollen nicht, daß dir etwas passiert. Bei den kommenden Wahlen sind die Stimmen in Harlem für uns ungeheuer wichtig.«

»Von jetzt an werde ich verdammt scharf auf mich aufpassen«, antwortete Casper.

Grover lachte. »Du bist ein guter Kerl. Gib Laut, wenn wir irgendwas für dich tun können.«

»Im Augenblick nichts. Vielen Dank für alles, Grover.«

Als sie eingehängt hatten, zündete Casper seine Zigarre an.

»Jetzt ist der Topf auf dem Feuer«, sagte er vor sich hin und griff wieder nach dem Telefon.

»Geben Sie mir ein Amt«, sagte er, als sich die Zentrale meldete.

Er wählte eine Nummer in der Stadt.

»Und wer mag das wohl sein?« fragte eine sanfte Stimme mit einem affektierten Lispeln.

»Ich will Johnny sprechen.«

»Oh, und mich nicht?«

Casper gab keine Antwort.

»Und wer, soll ich sagen, ruft ihn an, mein Herz?«

»Das geht dich einen Dreck an.«

»Oh, wie ungezogen!«

Er vernahm, wie der Hörer auf die Tischplatte gelegt wurde. Nach einer Pause, die ihm länger als notwendig erschien, sagte eine angenehme Tenorstimme: »Hallo, Casper. Es kann kein anderer sein als du, denn sonst ist niemand so unfreundlich zu Zog.«

»Ich fahre gegen acht Uhr nach Hause und möchte, daß du zu mir kommst«, sagte Casper.

»Ich hab gleich gewußt, daß sie dir nichts ernstlich anhaben konnten«, antwortete Johnny und fragte dann: »Wann?«

»Gegen zehn. Benutze deinen eigenen Schlüssel und komme gleich herein.«

»Wird gemacht«, antwortete Johnny.

Als Johnny eingehängt hatte, klopfte Casper mehrfach auf die Gabel des Telefons und bat die Zentrale, die Oberschwester zu ihm aufs Zimmer zu schicken.

16

Es war vier Uhr vorbei, als Grave Digger und Coffin Ed *Fat's Down Home Restaurant* verließen – etwa die gleiche Zeit, zu der Casper mit den großen Tieren fertig geworden war.

Sie hatten nicht die Absicht gehabt, so lange zu bleiben, aber das Lokal war voller Spieler und Madams, die alle wegen des Überfalls auf Casper neugierig waren und sich aufgemacht hatten, irgendetwas über irgendwelche fremden Figuren in der Stadt zu erfahren.

Die Spieler hatten nirgends neues Geld entdeckt – falls doch, wollten sie es nicht zugeben. Die Madams waren auf keine neuen Kunden gestoßen, jedenfalls keine mit großem Geld.

Als sie wieder ins Freie kamen, sank der Schnee wie Baumwolle herab, die Straße war schon zollhoch damit bedeckt. Ihr Wrack von Wagen stand am Straßenrand und sah aus wie ein Mahnmal der Schande.

Grave Digger packte Coffin Ed am Ärmel und hielt ihm ein Privatissimum über Kriminologie.

»Nimm mal einen Detektiv«, lispelte er. »Einen wie dich oder mich. Ein Mann wird auf der Straße beraubt. Der Räuber gibt seinem Opfer eins über den Kopf, schlägt es bewußtlos und rennt weg. Niemand hat ihn gesehen, das Opfer kennt ihn nicht. Dann kommen wir dazu. Wir wissen nicht die verdammteste Kleinigkeit. Wir wissen nicht mal, daß der Mann beraubt wurde. Dafür haben wir als einzigen Beweis seine Behauptung. Aber jeder erwartet von uns, daß wir losrennen und die Verbrecher fassen, als ob wir ein Monopol auf Straßenräuber hätten.«

»Vielleicht erwarten sie von uns, daß wir überall rumlaufen und schnüffeln wie menschliche Bluthunde«, meinte Coffin Ed. »Vielleicht glauben sie, wir hätten die Nase dafür.«

»Dieser Casper«, lispelte Grave Digger, »der kann sich besser winden als ein ganzes Faß voll Schlangen.«

Sie stiegen in den Wagen. Normalerweise wäre es um diese Zeit dunkel gewesen, aber die Schneedecke schien das Licht festzuhalten. Die wenigen Wagen, die unterwegs waren, krochen wie Schnecken dahin und ließen schwarze Linien in der weißen Decke zurück.

»Zwei fette Alligatoren wie du und ich fangen in einem Goldfischglas wie dieser Stadt doch nichts«, erklärte Coffin Ed. »Wir ängstigen nur alle zu Tode und kriegen eiskalte Schultern gezeigt, und wenn wir uns noch so große Mühe geben.«

»Wir sollten einen Köder an den Haken hängen«, schlug Grave Digger vor.

»Genau daran hab ich auch gedacht.«

Im Revier hatte Captain Rice Dienst. Sie baten um seine Erlaubnis, den Häftling Roman Hill mitzunehmen, damit er Baron identifizierte, falls sie ihn aufspüren konnten.

Der Captain sagte, ein Detektiv des Morddezernats hätte Roman Hill zur Identifizierungsstelle beim Präsidium gebracht, gab ihnen aber den Befehl, ihn dort abzuholen. Roman war noch Häftling des Reviers, bis er am nächsten Morgen dem Polizeirichter vorgeführt wurde.

Sie stiegen in Coffin Eds neuen Plymouth und fuhren den East Side Drive entlang. Coffin Ed saß jetzt am Steuer. Er hatte nichts dagegen, mit Grave Digger zu fahren, wenn der einen Wagen lenkte, der der Stadt gehörte, aber den Plymouth hatte Coffin Ed mit seinem eigenen Geld bezahlt.

Die kleinen, Traktoren ähnelnden Schneepflüge waren auf den Hauptverkehrsstraßen schon am Werk, krochen herum wie orangefarbene Käfer, häuften den Schnee längs der Gehsteige auf, wo die Lastwagen ihn einsammeln und dann in den Fluß kippen sollten.

Links von ihnen stießen die Nebelhörner unsichtbarer Schlepper auf dem Fluß eine Kakophonie aus, und die Lichter der Erdölgesellschaften auf der anderen Seite des East River waren unsichtbar geworden.

Ein Fährschiff legte am Pier der 79th Street an, als sie vorbeikamen, und entlud die Arbeiter der Tagesschicht auf Welfare Island.

»Verdammt, der Tag vergeht heute schnell«, sagte Grave Digger.

Sie begannen den Zeitdruck zu spüren. Aufsteigende Befürchtungen ernüchterten sie.

Coffin Ed gab Gas. Sie fanden Roman in der Gallery im Erdgeschoß. Das Präsidium und der Annex auf der anderen Straßenseite waren die einzigen erleuchteten Gebäude in der Umgebung. Die Wolkenkratzer der nahen Wall Street ragten dunkel und gespenstisch in den abgrundtiefen Himmel auf.

Sie übergaben dem Detektiv des Morddezemats den Befehl des Captains und übernahmen den Häftling. »Wollen Sie den andern auch haben?« fragte der Detektiv. »Den Barmann aus der *Paris Bar?*«

»Haben Sie den noch?«

»Wir behalten ihn, bis er sich jedes Bild im Album angesehen hat – falls Sie ihn nicht brauchen.«

»Behalten Sie ihn«, sagte Grave Digger. »Wir können nichts mit ihm anfangen.«

Sie legten Roman Handschellen an und brachten ihn zum Plymouth hinaus. Coffin Ed hatte den Motor und die Scheibenwischer laufen lassen, aber sie mußten von allen Fenstern Schnee fegen, ehe sie starten konnten. Sie fuhren zwei Blocks und hielten wieder an.

»Hast du eine Matrosenuniform?« fragte Coffin Ed.

»Ja, aber die trag ich nich«, antwortete Roman.

»Wo ist sie?«

»An Bord von mein Schiff.«

»Gut. Wir fahren jetzt nach Brooklyn hinüber, um sie zu holen, und dann wirst du sie anziehen«, sagte Coffin Ed und fuhr langsam durch den Schnee weiter.

Als das Telefon wieder klingelte, glaubte Leila, Casper riefe noch einmal an. »Ja.« Ihr Ton war kalt wie Eis.

»Ich will Casper sprechen«, verlangte eine Männerstimme.

Die Hand, die den Hörer hielt, begann zu zittern. Leila glaubte die Stimme wiederzuerkennen, war sich aber nicht sicher.

»Er ist noch im Hospital«, antwortete sie. Eine plötzliche, unbestimmte Angst ließ sie krächzen wie einen Papagei. »Er hat einen Rückfall bekommen und ist wieder bewußtlos.«

»Sparen Sie sich den Mist«, sagte die Stimme. »Der kleine Schlag auf den Kopf hat die Laus nicht bewußtlos gemacht.«

Jetzt war sie sich ihrer Sache sicher. Es war ein Mann aus dem Süden, das verriet der Mississippi-Akzent – die Stimme eines Weißen.

Sie begann am ganzen Körper zu zittern. »Rufen Sie doch im Hospital an, wenn Sie mir nicht glauben«, sagte sie, wütend über sich selbst, weil es eingeschüchtert klang; aber sie konnte es nicht verhindern. Sinnlose Angst packte sie. In der Stimme lag ein sadistischer und unmenschlicher Klang. »Er ist bewußtlos«, wiederholte sie.

»Wenn er von seinen fünfzig Tausendern was zurückhaben will, kommt er besser wieder zu sich, aber niggerschnell«, drohte die Stimme.

Der Gebrauch des schimpflichen Ausdrucks verscheuchte ihre Angst und fachte ihre Wut an.

»Wer sind Sie denn schon, Sie Mutterschänder aus dem Hinterwald?« fuhr sie ihn an.

Ein bösartiges Lachen kam durch die Leitung. »Ich bin der Mann, der ihm helfen kann, sein Geld wiederzukriegen – gegen einen angemessenen Anteil.«

Sie versuchte zu überlegen, wußte aber nicht, wo sie anfangen sollte. »Rufen Sie doch Casper selbst im Krankenhaus an«, sagte sie.

»Nein, das machen Sie, meine Süße. Ich hab schon sechsmal angerufen und komme nicht zu ihm durch. Deshalb machen Sie das, Zuckerpüppchen.«

»Was soll ich ihm sagen«, fragte sie und fügte dann bösartig hinzu: »Redneck?«

»Warte, bis ich dich zu fassen kriege«, sagte die Stimme. Dann fügte sie hinzu: »Wiederholen Sie einfach, was ich Ihnen gesagt habe. Wenn er ein Geschäft machen will, dann soll er meinen Anruf annehmen.«

Sie erinnerte sich, daß Casper ihr strikt befohlen hatte, den Mund zu halten. Wenn sie etwas falsch machte, würde er wütend werden. Sie wußte nicht, was sie tun sollte.

»Es hat ja wohl Zeit«, sagte sie.

»Zeit bis wann?«

»Bis er aus dem Krankenhaus kommt.«

»Wann ist das?«

»Wann?« Sie fühlte sich gefangen. »Ich weiß nicht. Fragen Sie das Hospital.«

»Das wird ihm nicht viel nützen, Püppchen«, höhnte die Stimme. »Ihm wird es nicht gefallen, wenn er feststellt, was ihm entgangen ist.«

»Also gut, Hurensohn«, schrie sie wütend. »Ich rufe ihn an, und Sie rufen mich zurück.«

»Was soll das? Ich hab ein Geschäft mit ihm, und das kann nicht warten. Wenn Casper im Krankenhaus liegen und den Kopf unterm Kissen verstecken will, dann ist das sein Pech. Ich werd schon einen Weg finden, um zu meinem Anteil zu kommen.«

Ihr Kopf explodierte von vulgären Beschimpfungen, wie immer, wenn sie sich in die Enge getrieben fühlte.

»Verdammt noch mal, rufen Sie nach acht noch mal an«, schrie sie verzweifelt. »Ich weiß doch nicht ...«

Sie hatte keine Möglichkeit, den Satz zu beenden. Ein leises Knacken kam über die Leitung, dann war sie tot. Leila saß benommen da und starrte den Hörer in ihrer Hand an. Dann begann sie von neuem zu zittern. Angst fraß an ihr wie Säure.

Es war zwanzig nach sechs, als das Telefon klingelte.

Eine gemessene Männerstimme meldete sich. »Hier Bestattungsinstitut H. Exodus Clay. Guten Abend. Womit können wir Ihnen dienen?«

»Hier Detektei Pinkerton«, sagte die Stimme am anderen Ende. »Ich will den Chef sprechen.«

Es war eine Stimme mit Mississippi-Akzent. Die Stimme eines Weißen.

Der Angestellte antwortete: »Gewiß, Sir. Sofort, Sir.«

Einen Augenblick später meldete sich Clay zänkisch: »Was gibts jetzt schon wieder?«

»Hier ist die Detektei Pinkerton«, wiederholte die Stimme.

»Das haben Sie schon mal gesagt«, schnauzte Clay. »Hier ist mein Bestattungsinstitut. Was wollen Sie?«

»Wir schicken drei Leute zu Ihnen, die den Krankenwagen bewachen sollen, mit dem Sie Mister Holmes abholen«, unterrichtete ihn die Stimme.

In der vergangenen Stunde hatte die Stimme die gleichen Worte ohne Ergebnis bei sechzehn verschiedenen Krankenwagenvermietern und Bestattungsinstituten in Harlem wiederholt. Doch diesmal stieß die Stimme auf eine Goldader.

»Ich schicke keinen Kranken-«, erwiderte Clay spitz, »sondern einen Leichenwagen.«

Ein gedämpftes Lachen kam über die Leitung. »Ganz das richtige. Um wieviel Uhr?«

»Casper hat seine eigene Leibwache«, sagte Clay mit einem Anklang von Rassenstolz in der dünnen, schrillen Stimme. »Sagen Sie Ihrem Auftraggeber, daß für alles gesorgt ist.«

»Das ist alles sehr schön«, sagte die Stimme, »aber wir sind von der Parteizentrale beauftragt. Wir werden also die Bewacher bewachen.«

»Na, dann beeilen Sie sich besser. Mein Wagen fährt in einer halben Stunde hier ab.«

»Klappt ausgezeichnet«, antwortete die Stimme. »Wir werden uns nicht einmischen, wir halten uns im Hintergrund. Sie brauchen uns mit keinem Wort zu erwähnen.«

»Machen Sie sich darüber keine Sorgen«, entgegnete Clay sarkastisch. »Ich werde nicht dafür bezahlt, für die Pinkertons Reklame zu machen.«

Damit pfefferte er den Hörer auf die Gabel.

Auf der Brooklyn Bridge gab es eine Verkehrsstauung.

An einer vereisten Stelle, die ein Personenwagen mit überhitztem Kühler verursacht hatte, kam ein Sattelschlepper ins Schleudern und streifte einen Bus. Verletzte gab es nicht, aber die Stoßstange des Lasters riß dem Bus die Seite auf, und es dauerte einige Zeit, bis die beiden Fahrzeuge voneinander getrennt werden konnten.

Grave Digger und Coffin Ed saßen in der Schlange fest und siedeten vor Ungeduld. Sie spürten, daß die Zeit wie ein Amokläufer raste, und fühlten sich barfuß und gefesselt von ihm überrascht. Sie konnten nicht rückwärts, konnten sich nicht seitlich hindurchzwängen, sie konnten den Wagen auch nicht auf der Brücke preisgeben und zu Fuß gehen.

Roman saß hinten in seiner Matrosenuniform, die weiße Mütze auf den Hinterkopf gedrückt, die Hände mit den Handschellen im Schoß.

Grave Digger sah auf die Uhr. Es war zwanzig nach sechs. Der Schnee fiel.

»Lieber ließe ich mich von einer Boa Constrictor in den Hintern beißen, als hier rumzusitzen und zu warten, daß was passiert. Und ich wüßte nicht mal, was«, beklagte er sich erbittert.

»Ich warte nur darauf, daß sie die Wracks da auseinanderbringen«, knurrte Coffin Ed. Als sie von der Third Avenue endlich in die East 119th Street einbogen und nach dem Haus Ausschau hielten, war es drei Minuten nach sieben. Es fiel ihnen nicht schwer, das richtige zu finden.

Coffin Ed fuhr vorbei und hielt drei Häuser weiter an. Gleichzeitig drehten sie sich um und sahen Roman an.

»Du gehst jetzt in dieses Haus da hinter uns und fragst nach Junior Ball«, lispelte Grave Digger.

»Versteh nich«, sagte Roman.

»Laß mich sprechen«, sagte Coffin Ed. Grave Digger nickte.

Coffin Ed wiederholte den Befehl.

»Jawohl, Sir«, sagte Roman. »Was soll ich ihm sagen, wenn er da is?«

»Er ist nicht da«, sagte Coffin Ed. »Er ist tot. Die da drin wissen, daß er tot ist, aber du darfst nicht verraten, daß du es weißt. Du bist gerade mit deinem Schiff angekommen und suchst ihn da.«

»Soll ich so tun, als ob ich auch so einer bin?«

»Genau das.«

»Un was, wenn die mir sagn, daß er tot ist?«

»Das werden sie dir nicht sagen. Sie werden dich bitten zu warten. Sie werden dir sagen, daß Junior jeden Augenblick kommen müßte.«

»Un was mach ich, solang ich warte?«

»Zum Teufel, Jungchen, hast du auf dem Mond gelebt? Das ist ein Schwulenstall. Sie werden schon eine Beschäftigung für dich finden.

»Dafür hab ich nichts übrig«, murrte Roman.

»Was bist du doch für ein Idiot. Wir sind hier nicht in den Docks. Das sind feine Leute. Sie werden es bei dir versuchen, aber zuerst werden sie dich testen. Setz dich einfach hin und trink deine Cocktails und mach ein verlegenes Gesicht ...«

»Das wird mir nich schwerfalln.«

»Tu so, als ob du auf Junior wartest. Nach fünf Minuten fängst du an, ungeduldig zu werden. Und siehst dich nach allen Seiten um. Dann fragst du jeden, mit dem du gerade sprichst, wann Baron kommt.«

»Baron?« Roman setzte sich auf. »Misser Baron? Der Mann, der mir mein Wagn verkauf hat? Kommt der da hin?«

»Das wissen wir nicht. Vielleicht, vielleicht auch nicht. Falls du ihn siehst, dann pack ihn und schrei um Hilfe.«

»Für den brauch ich keine Hilfe«, erklärte Roman.

»Doch, die brauchst du«, widersprach Coffin Ed. »Denn wir wollen nicht, daß ihm was passiert. Du packst ihn einfach und fängst an zu schreien.«

»Und wenn er mir mit ner Pistole droht?« wollte Roman wissen.

»Wenn du ihn schnell genug packst, wird er dazu nicht kommen.«

»Dann kanns von mir aus losgehn«, erklärte Roman.

»Gut«, sagte Coffin Ed. »Wir fahren mit dem Wagen zurück und parken vor dem Nebenhaus. Wenn du mich hupen hörst, einmal lang, zweimal kurz, kommst du wieder raus.«

»Ja, Sir. Aber hoffentlich krieg ich Misser Baron vorher.«

»Das hoffen wir auch«, stimmte Coffin Ed zu.

Grave Digger lehnte sich zurück, schloß Romans Handschellen auf und nahm sie ihm ab.

»Also los dann«, sagte er. »Und vergiß eins nicht: Laufen kannst du vielleicht, aber verstecken kannst du dich nicht vor uns.«

»Ich lauf nich weg«, versprach Roman.

Sie beobachteten ihn, wie er mit seinem wiegenden Seemannsgang zu der Bronzetür ging und wie er mit den Fingerknöcheln gegen die Tür pochte.

»Er muß nie von seinem Schiff runtergekommen sein«, bemerkte Coffin Ed.

Grave Digger grunzte zustimmend.

Sie sahen, daß die Tür geöffnet wurde. Einen Augenblick später sahen sie Roman in das Haus eintreten. Die Tür wurde wieder geschlossen. Coffin Ed ließ den Motor an und setzte den Wagen zurück.

17

Ein schwarzer Cadillac, fast ohne jedes Chrom, parkte in der 134th Street, wenige Türen von Clays Bestattungsinstitut entfernt, aber auf der gegenüberliegenden Straßenseite. Ihrem düsteren Aussehen nach konnte es ein Wagen des Bestattungsunternehmens sein. Ihr Motor lief, war aber nicht zu hören. Die Heizung war angestellt, die Lichter ausgeschaltet. Die Scheibenwischer fegten hin und her.

George Drake saß hinter dem Lenkrad und reinigte sich die Fingernägel mit einem kleinen goldenen Taschenmesser. Er war ein alltäglich aussehender Farbiger unbestimmbaren Alters. Selbst sein teurer dunkler Anzug sah an ihm alltäglich aus. Das einzige Besondere an ihm waren seine leicht vorquellenden Augen. Er sah nicht gelangweilt aus; er sah nicht ungeduldig aus; er sah aus, als ob es sein Beruf wäre, auf jemanden zu warten.

Big Six saß neben ihm, stocherte sich mit einem abgenutzten Zahnstocher aus Fischbein in den Zähnen. In dem hellbeigen, gegürteten Polomantel sah er riesig aus; den breitkrempigen, schwarzen Velourshut hatte er tief in die Stirn gezogen. Sein pockennarbiges Gesicht wirkte übergroß; zwischen seinen großen fleckigen Zähnen klafften breite Lücken.

Ein betrunkener Weißer taumelte in dem knöcheltiefen Schnee vorbei. Ein schwarzer Filzhut – so zerbeult, als wäre im Schnee auf ihm herumgetrampelt worden – balancierte bedrohlich auf seinem Hinterkopf. Dichtes, grobes, schwarzes Haar klebte auf seinem Schädel über einer Stirn, die so niedrig war wie die des Urmenschen. Das bläulichweiße Gesicht mit den zusammengewachsenen Augenbrauen, den hohen Backenknochen, den groben Zügen und dem großen, schmallippigen Mund verriet indianische Abstammung.

Der Betrunkene blieb plötzlich stehen und begann gegen den rechten vorderen Kotflügel des Cadillac zu urinieren, wobei er hin und her schwankte.

Big Six kurbelte das Fenster auf und sagte: »Mach, daß du weiterkommst, Mutterschänder.«

Der Betrunkene drehte sich um und blinzelte ihn aus blutunterlaufenen, schwarzen Augen an. »Reg dich ab, schwarzer Boy«, stammelte er mit dem Akzent des Südens.

Big Six schob seinen Zahnstocher in die Tasche fürs Kleingeld und öffnete die Tür.

»Laß ihn in Ruh«, sagte George Drake. »Da kommt Jackson die Treppe runter.«

»Ich hau ihn nur um, das is alles«, antwortete Big Six. »Es dauert keine zwei Sekunden.«

Im rechten Rückspiegel sah George zwei Farbige hinter dem Haus hervorkommen, vor dem er parkte. Sie trugen abgenutzte Ledertaschen – wie Pullmanschaffner, die auf dem Weg zur Arbeit waren – und begannen hinter seinem Wagen die Straße zu überqueren. Das Rückfenster des Cadillac war voll Schnee, deshalb waren sie im Rückspiegel bald seiner Sicht entzogen.

»Beeil dich, Mann«, rief er, gerade als Big Six die Hand ausstreckte, um den Betrunkenen an der Schulter zu packen.

Der Betrunkene schwang seine rechte Hand, die er außer Sicht gehalten hatte, in einem weiten Bogen vor und stieß Big Six die Klinge eines Jagdmessers in den Kopf. Sie fuhr über der linken Schläfe hinein, und zwei Zoll drangen über der rechten Schläfe wieder heraus. Big Six wurde taub, stumm und blind, aber nicht bewußtlos. Er schwankte und tastete ziellos um sich wie ein blinder alter Mann.

»Verflucht«, knurrte George Drake und stieß die Wagentür mit der linken Hand auf, während er mit der rechten nach seiner Pistole griff.

Er hatte den linken Fuß auf die Straße gesetzt, wo er im Schnee versank, und suchte mit der linken Hand nach der Türkante, um sich darauf zu stützen, als ihm eine Schlinge über den Kopf geworfen wurde. Er wurde zurückgerissen. Ein Knie traf ihn in den Rücken, und er hatte ein Gefühl, als würde ihm die Wirbelsäule gebrochen. Der Hut fiel ihm herunter. Ein Totschläger landete genau über seinem linken Ohr, und Lichter explodierten in seinem Kopf, ehe er das Bewußtsein verlor.

»Legt ihn hinten rein«, befahl der Weiße von der anderen Seite des Wagens. »Und packt eure Taschen in den Kofferraum.«

Er warf einen letzten Blick auf Big Six und vergaß ihn dann.

Big Six schwankte langsam den Gehsteig entlang, schleppte die Füße durch den hohen Schnee. Die Wunden bluteten kaum. Seine Augen standen offen, er hatte den Hut noch auf. Von dem Hirschhorngriff des Messers, der aus seiner linken Schläfe ragte, und den zwei Zoll Klinge an der rechten Schläfe abgesehen, sah er wie irgendein Betrunkener aus. Ohne einen Laut herauszubringen, rief er George um Hilfe.

Der Weiße stieg hinten in den Wagen und packte das Ende der Schlinge. Einer der Farbigen setzte sich ans Steuer, der andere befand sich hinter dem Wagen und verstaute die Taschen. Ein glänzender, schwarzer Leichenwagen fuhr vorsichtig rückwärts aus der Garage neben dem Bestattungsinstitut. Ein fetter Schwarzer in Chauffeursuniform stieg aus und schloß das Garagentor. Er spähte über die Straße zu dem Cadillac hinüber.

»Blink einmal mit den Scheinwerfern«, befahl der Weiße von hinten. Der Fahrer ließ die Scheinwerfer kurz aufleuchten.

Jackson winkte mit der rechten Hand und stieg in den Leichenwagen.

Die Schneepflüge waren noch nicht in die schmalen Seitenstraßen vorgedrungen, und der Leichenwagen kam nur langsam vorwärts, bis er die Seventh Avenue erreichte. Der Cadillac folgte ihm in einem halben Block Abstand mit abgeblendeten Lichtern.

Scharen farbiger Arbeiter, die sich an ihrem freien Tag ein paar zusätzliche Dollars verdienen wollten, schaufelten die Schneeberge in die städtischen Müllwagen. Auf den geräumten Straßen waren wieder Wagen unterwegs, lachende Säufer zogen von einer Bar zur anderen, Witzbolde bewarfen ihre Mädchen mit Schneebällen, und die Mädchen rannten verzückt kreischend vor ihnen fort. Ein Postwagen kam vorbei und leerte die Briefkästen.

Big Six schlurfte mit dem Messer im Kopf langsam auf die Seventh Avenue zu. Er kam an einem jungen Pärchen vorbei. Die Frau schrie unterdrückt auf und wurde aschgrau.

»Das ist nur ein Witz«, sagte der Mann im Ton des Kenners. »Dieses Zeug kann man in Scherzartikelgeschäften kaufen. Man klebt sie sich seitlich an den Kopf.«

Die Frau schauderte. »Das kann ich nicht komisch finden«, antwortete sie. »Ein erwachsener Mann und spielt mit solchem Kinderkram.« Er begegnete einer Frau mit zwei Kindern, die auf dem Weg ins Kino waren, um sich einen Horrorfilm anzusehen. Die Kinder kreischten entsetzt. Die Frau war empört.

»Sie sollten sich was schämen, kleine Kinder so zu erschrecken«, rief sie tadelnd.

Big Six schlurfte langsam weiter, der Welt entrückt. »George!« rief seine noch funktionierende Vernunft lautlos. »George! Der Mutterschänder hat mich mit einem Messer gestochen.«

Er begann die Fahrbahn der Seventh Avenue zu überqueren. Schnee war am Straßenrand aufgehäuft, und seine Füße pflügten in den Berg hinein. Er glitt aus, aber irgendwie konnte er verhindern, daß er fiel. Er erreichte die Fahrbahn und lief einem schnellfahrenden Wagen in den Weg. Bremsen kreischten.

»Idiot!« schrie der Fahrer. Dann sah er das Messer, das Big Six im Kopf steckte. Er sprang aus dem Wagen, lief zu Big Six und faßte ihn sanft am Arm. »Lieber Gott im Himmel«, murmelte er.

Er war ein junger farbiger Arzt, der seine Assistenzzeit im Brooklyn-Hospital absolvierte. Vor einem Jahr hatten sie dort einen ähnlichen Fall gehabt. Damals war das Opfer auch ein Farbiger gewesen. Die einzige Möglichkeit, ihn zu retten, bestand darin, das Messer in der Wunde zu lassen.

Eine Frau wollte aus dem Wagen steigen.

»Dick, kann ich dir helfen?« Sie hatte nur den Griff des Messers gesehen, nicht aber die Spitze.

»Nein, nein. Komm nicht näher«, warnte er. »Fahr zur nächsten Bar und rufe einen Krankenwagen. Am besten wendest du gleich hier und fährst hinüber zu Small.«

Als sie fortfuhr, hielt ein anderer Wagen mit zwei Männern. »Brauchen Sie Hilfe?« rief der Fahrer.

»Ja, helfen Sie mir, den Mann auf den Gehsteig zu legen. Er hat ein Messer im Kopf.«

»Gütiger Heiland«, rief der zweite Insasse und öffnete die Tür. »Denen fällt auch jeden Tag was Neues ein.«

Vor dem Krankenhaus in der Lexington Avenue parkten die Wagen in zwei Reihen, und auf dem von Schneematsch bedeckten Gehsteig drängte sich eine große Menschenmenge. Fotografen und Reporter bewachten den Haupteingang und die Auffahrt für die Krankenwagen. Irgendwie hatte es sich herumgesprochen, Casper würde das Krankenhaus verlassen, und sie waren entschlossen, ihn zu erwischen.

Zwei Streifenwagen parkten auf der anderen Straßenseite. Uniformierte Polizisten standen herum, schlugen die behandschuhten Hände ineinander.

Dichter Schnee fiel.

Als der Leichenwagen vorfuhr, machten die Polizisten den Zugang zur Auffahrt frei.

Ein Reporter öffnete die Tür zum Fahrersitz und leuchtete Jackson ins Gesicht. »Es ist nur der Chauffeur«, rief er seinen Kollegen über die Schulter zu. Dann fragte er: »Wen wollen Sie denn holen, Jack?«

»Den verstorbenen Mister Clefus Harper, Opfer einer Lungenentzündung«, antwortete Jackson mit aufrichtigem Gesicht.

»Kennt jemand Clefus Harper?« fragte der Reporter.

Niemand kannte ihn.

»Lassen Sie sich nicht aufhalten, Jack«, sagte er.

Der Leichenwagen fuhr langsam über die Auffahrt zum Hintereingang.

»Fahr weiter«, sagte der Weiße hinten in der Cadillac-Limousine. »Es wird einige Zeit dauern, bis er ihn herausgeholt hat, und wir müssen den hier loskriegen.«

Der Fahrer beschleunigte, fuhr an den in Doppelreihe parkenden Wagen vorbei und kreuzte die 121th Street.

»Ist er tot?« fragte sein Begleiter.

»Leben tut er nicht«, antwortete der Weiße, während er sich vorbeugte und die Schlinge von George Drakes Hals löste. Als er damit fertig war, begann er, Drakes sämtliche Taschen zu leeren.

»Wo sollen wir ihn rauswerfen?« fragte der Fahrer, als sie sich der 119th Street näherten.

Der Weiße sah sich um. Er kannte sich in Harlem nicht sehr gut aus.

»Bieg in die Straße hier ein«, sagte er. » Sieht aus, als obs hier geht.«

Der große Wagen kam in dem zolltiefen Schnee leicht ins Rutschen.

»Kommst du bis zur Third Avenue durch?« fragte der Weiße.

»Klar«, antwortete der Fahrer zuversichtlich. »Ein bißchen Schnee kann doch einen Cadillac nicht aufhalten.«

Der Weiße sah sich um. Niemand war in Sicht. Er öffnete die Tür zum Gehsteig. »Fahr näher ran«, befahl er.

Der Fahrer streifte den Rinnstein. Der Weiße rollte Drakes Leiche in den tiefen Schnee auf dem Gehsteig hinaus. Er schloß die Tür und blickte einmal kurz zurück. Die Leiche sah aus wie ein

Betrunkener, der hingefallen war – wenn man davon absah, daß keine Fußspuren zu ihr führten.

»Gib Gas«, sagte er.

Jackson fuhr vor dem Ausgang des Krankenhauses vor, durch den die Toten fortgebracht wurden. Er war hier kein Unbekannter. Er stieg aus, ging um den Wagen herum, öffnete die rückwärtige Tür und begann einen langen, schmalen Weidenkorb herauszuziehen.

Zwei grinsende farbige Pfleger kamen aus dem Gebäude und trugen den Weidenkorb hinein. Jackson setzte sich wieder ins Auto und wartete.

Acht Minuten vergingen, ehe die Pfleger, unter der Last des beladenen Weidenkorbs schwankend, wieder erschienen. Der Deckel war mit einer Metallkapsel plombiert, an der eine Karte befestigt war. Auf der Karte stand:

CLEFUS HARPER – männlich, Neger
Für Bestattungsinstitut H. Exodus Clay
134th Street

Die Pfleger schoben den Korb in den offenstehenden Leichenwagen und wollten die Tür schließen.

»Laßt mich das machen«, sagte Jackson.

Die Pfleger grinsten und gingen ins Haus zurück.

»Wo wollen Sie hin, Mister Holmes?« fragte Jackson mit einem dramatischen Bühnenflüstern.

»Sind wir allein?« fragte Caspers gedämpfte Stimme aus dem Korb.

»Ja, Sir.«

»Sind Joes Boys mit dem Cadillac hinter uns?«

»Ja, Sir. Sie warten draußen auf der Straße.«

»Und niemand weiß, daß sie uns folgen?«

»Nein, Sir. Soweit ich sehen kann, nicht. Sie halten sich einen halben Block weit hinter uns.«

»Gut, dann fahren Sie mich jetzt zu meinem Büro. Halten Sie neben den parkenden Wagen in nächster Nähe«, befahl Casper. »Danach steigen Sie aus, kommen nach hinten und öffnen den Korb. Sie bleiben stehen, als ob Sie was zu tun hätten, und beobachten die Straße. Wenn ich unbemerkt aussteigen kann, geben Sie mir ein Zeichen. Verstanden?«

»Ja, Sir.«

»Dann fahren Sie los.«

Jackson schloß die Tür und setzte sich ans Steuer. Der Leichenwagen surrte langsam über die Auffahrt zurück. Ehe er die Straße erreichte, wurde er noch einmal von Reportern angehalten. Sie sahen sich das Namensschild am Korb an, und einer notierte sich den Namen.

Der Leichenwagen fuhr in Richtung 125th Street. Nach einem halben Block kam er an Joe Greens schwarzem Cadillac vorbei. Er sah leer aus, und Jackson wurde unruhig. Er fuhr langsamer und beobachtete ihn in dem Rückspiegel auf seinem rechten Kotflügel. Als er einen halben Block gefahren war, blinkten die Scheinwerfer des Cadillac einmal kurz auf. Erleichtert ließ er seine Bremslichter aufleuchten und fuhr langsam bis zur 125th Street weiter, bog ab und beobachtete, daß der schwarze Cadillac ihm mit einem halben Block Abstand folgte.

Er überquerte Park, Madison und Lenox Avenue, hielt sich rechts auf der Straße und ließ sich von dem schnelleren Verkehr überholen.

An der Seventh Avenue hielt er, um einen Schneepflug vorbeizulassen, fuhr um einen vor der Normaluhr stehenden Lastwagen herum, der von einer Gruppe reichlich angetrunkener Männer mit Schnee beladen wurde. Sie unterbrachen ihre Arbeit, um dem Leichenwagen nachzusehen, der die Avenue kreuzte.

»Da fährt einer zu H. Clay«, bemerkte ein Arbeiter.

»Frag nur nich, wer«, antwortete ein anderer. »Es kann deine Mammy sein.«

»Als ob ich das nich weiß«, erwiderte der erste.

Im Kielwasser des Leichenwagens fuhr ein Cadillac um den Lastwagen herum und überquerte vorsichtig die Avenue.

»Da is Joe Greens großer Cad«, erklärte ein dritter.

»Sitzen aber nich Joes Boys drin«, behauptete ein weiterer.

»Woher willste das wissen? Biste Joes Geschäftsführer?«

»Meissens wird er von George Drake gefahren, und Big Six sitz daneben.«

»Der hinten drin war auch nich Joe.«

»Bewegung, Bewegung, ihr Kerle. Macht euer Kreuz krumm«, fuhr der Lastwagenfahrer dazwischen. »Ihr kriegt euer Geld nicht dafür, daß ihr euch das Maul zerreißt.«

Der Leichenwagen hielt neben einem Ford Kombi vor dem Drugstore neben der *Paris Bar*. Der Drugstore hatte noch geöffnet, und mehrere Kunden befanden sich noch in dem Raum. Die *Paris Bar* schien so überfüllt zu sein wie üblich. Ihre Fensterscheiben waren beschlagen, und von innen kamen die gedämpften Töne einer Hot-Nummer.

Der Cadillac hatte neben den parkenden Wagen vor dem Tabakladen an der Ecke gehalten.

Jackson stieg aus, ging vorn um den Wagen herum und spähte in beiden Richtungen die Straße auf und ab. Aus der *Paris Bar* kamen zwei Männer, warfen einen kurzen Blick auf den Leichenwagen und schlenderten dann in der entgegengesetzten Richtung davon.

Jackson ging zur Rückseite des Wagens, öffnete die Türen und löste die Metallplombe am Weidenkorb mit seinem Taschenmesser. Im Korb lag Casper, völlig angezogen. Er trug den gleichen dunklen Anzug wie auf dem Weg ins Krankenhaus. Sein weicher Hut ruhte ihm zusammengedrückt auf dem Magen.

»Soll ich Ihnen helfen?« fragte Jackson flüsternd.

»Ich komme schon allein hoch«, antwortete Casper grob. »Lehnen Sie die Tür an, und beobachten Sie die Straße.«

Jackson drückte die Türflügel zusammen und sah sich um. Einige Wagen fuhren vorbei, ein Bus kam. Auf den Gehsteigen kamen und gingen Leute und trampelten die dicke Schneeschicht zu Matsch.

»Wo steht Joes Wagen?« fragte Casper durch den Spalt zwischen den angelehnten Türflügeln.

Jackson fuhr erschreckt zusammen. Er war nicht daran gewöhnt, aus dem Leichenwagen angesprochen zu werden. »Vor dem Tabakladen«, antwortete er.

»Wenn Sie abfahren, geben Sie ihnen ein Blinkzeichen«, wies Casper ihn an. »Wie sieht es jetzt aus?« Im Augenblick war niemand in der Nähe.

»Jetzt gehts, wenn Sie sich beeilen«, sagte Jackson.

Casper war schnell. Mit einem Sprung stand er auf der Straße, den schwarzen Hut fest auf das silbrige Haar gedrückt. Mit zwei Schritten war er hinter dem Kombiwagen vorbei, sprang über den am Rand des Gehsteigs aufgehäuften Schnee, rutschte im Matsch aus, fing sich aber und stand im nächsten Augenblick vor der Tür, die zu seinem Büro oben im Haus führte. Er kehrte der Straße den Rücken zu, als er den Schlüssel ins Schloß schob. Niemand hatte bemerkt, wie er aus dem Leichenwagen gesprungen war. Niemand hatte ihn erkannt. Niemand beachtete ihn auch nur im geringsten. Er bekam die Tür auf und trat ins Haus, drehte sich einmal kurz um, sah durch die obere Scheibe zu Jackson hin und gab ihm ein Zeichen, abzufahren.

Jackson setzte sich wieder auf den Fahrersitz, ließ die Scheinwerfer kurz aufleuchten und sah in den Rückspiegel.

Die Lichthupe des Cadillac gab ihm Antwort.

Langsam fuhr der Leichenwagen an.

Der Cadillac rückte nach und hielt an der gleichen Stelle neben dem Ford-Kombiwagen an.

»Was willst du mit dem Karren machen?» fragte der Fahrer.

»Ihn einfach hier mit laufendem Motor stehenlassen«, antwortete der Weiße. »Wenn Joe Green wirklich ein so großes Tier ist, wird sich keiner um den Wagen kümmern.«

Er zog einen kurzläufigen Polizeirevolver aus der rechten Manteltasche, hielt ihn auf den Knien, ließ die Trommel rotieren und schob ihn wieder in die Tasche.

»Ich gehe zuerst«, sagte er.

Er stieg aus, überquerte den Gehsteig, wich zwei Männern und einer Frau aus und griff nach der Türklinke.

Die beiden Farbigen folgten ihm auf den Fersen.

Die Klinke gab nach, die Tür öffnete sich.

»Er hats uns leichtgemacht«, sagte der Weiße und stieg die Treppe hinauf. Er trat außen auf den Stufen auf und ging auf den Fußballen. Die Farbigen folgten ihm.

»Laß die Tür hinter dir einschnappen«, flüsterte er über die Schulter zurück.

18

Grave Digger und Coffin Ed saßen in ihrem Wagen in der 119th Street und warteten. Die Scheinwerfer waren ausgeschaltet, aber der Motor und die Scheibenwischer liefen.

Schnee fiel. Die Hausmeister der pseudoeleganten, teuren Apartmenthäuser, die sich hier zwischen den Privathäusern drängten, hatten ihre Gehilfen zum Schneefegen hinausgeschickt. Hier waren die Schneepflüge schon durchgekommen, in dieser Gegend wurden die Straßen immer sauber gehalten.

»Ich hab das Gefühl, daß wir was versäumen«, lispelte Grave Digger.

»Ich auch«, stimmte Coffin Ed zu. »Aber wir müssen erst mal einen Ansatzpunkt haben.«

»Vielleicht bringt uns der kleine Matrose darauf.«

Coffin Ed sah auf seine Uhr. »Viertel nach sieben. Er hat zehn Minuten Zeit gehabt. Wenn er bis jetzt nichts herausbekommen hat, findet er nie was.«

»Dann gib ihm also das Zeichen.«

Coffin Ed drückte auf die Hupe und gab das vereinbarte Signal. Im Rückspiegel beobachteten sie die Haustür.

Roman kam heraus. Jemand stand unter der offenen Haustür, für die beiden unsichtbar, und beobachtete ihn. Er stülpte sich die Mütze auf und kam auf sie zu.

Als er den Wagen erreicht hatte, griff Grave Digger nach hinten, öffnete den Schlag und befahl: »Steig ein!«

Ein Kopf erschien in der offenstehenden Haustür, spähte kurz hinter Roman her und verschwand wieder. Die Haustür wurde geschlossen.

»Was hast du erfahren?« fragte Coffin Ed.

»Puh!« Roman stieß schnaubend die Luft aus. Eine dünne Schweißschicht bedeckte seine glatte braune Haut. »Keiner kennt Misser Baron«, sagte er. »Wenigstens habens alle behauptet.« Noch einmal schnaubte er. »Lieber Gott im Himmel, was für Leute! Un reich sinn die. Un gebildet.«

»Das hat dich wohl umgeworfen?« fragte Coffin Ed uninteressiert. Er und Grave Digger starrten ihn an.

»Am besten fahren wir noch mal zum Hospital«, schlug Coffin Ed vor. Es klang mutlos und verwirrt.

»Wir verlieren nur Zeit«, antwortete Grave Digger. »Telefonieren wir lieber.«

Coffin Ed steuerte den Wagen um den Gramercy Square herum und hielt vor einer Bar. Er stieg aus, ging hinein und eilte nach hinten zur Telefonzelle. Er bekam den Empfang im Krankenhaus.

»Mister Holmes ruht aus und darf nicht gestört werden«, sagte die kühle Stimme in einem Ton, der eindeutig war.

»Hier spricht Detektiv Edward Johnson in einer dringenden polizeilichen Angelegenheit«, erwiderte Coffin Ed schroff.

»Ich verbinde Sie mit der Stationsschwester«, sagte die Schwester am Empfang.

Die Stationsschwester war geduldig und höflich. Sie sagte, Mister Holmes fühle sich nicht wohl und könne unter keinen Umständen gestört werden. Er habe die angesetzte Pressekonferenz auf zehn Uhr verschoben, und der Arzt habe ihm ein Beruhigungsmittel gegeben.

»Ich kann zwar nicht behaupten, daß ich das glaube, aber was soll ich machen?« sagte Coffin Ed wütend.

»Genau«, stimmte die Stationsschwester zu und hängte ein.

Er rief Caspers Wohnung an. Leila Holmes meldete sich. Er nannte seinen Namen.

Sie wartete.

»Haben Sie mit Casper Kontakt gehabt?« fragte er.

»Ja.«

»Wann?«

»Er hat mich heute nachmittag angerufen.«

»Nicht in der letzten Stunde?«

»Nein.«

»Darf ich fragen, wann Sie ihn zu Hause erwarten?«

»Er wollte am Dienstagabend nach Hause kommen – falls keine Komplikationen eintreten.«

Er bedankte sich, hängte ein und ging zum Wagen zurück.

»Das gefällt mir nicht«, sagte Grave Digger.

Coffin Ed fuhr in zügigem Tempo die Lexington Avenue hinauf und wechselte bei der 35th Street zur Park Avenue hinüber, wo der Verkehr schneller lief.

»Wie ich Casper kenne, will er aus dem Krankenhaus schnellstens raus«, sagte er halb murmelnd, während er auf der Steigung zur 50th Street hinauf beschleunigte.

»Es sei denn, er will sich verstecken«, meinte Grave Digger.

Vom Rücksitz her sagte Roman: »Wenn Sie von Misser Holmes sprechen, der is schon ausm Krankenhaus raus.«

Der Wagen kam ins Schleudern und konnte gerade noch einem Lincoln ausweichen, der über die mittlere Fahrbahn raste. Coffin Ed lenkte zum Gehsteig hinüber und hielt an der Ecke der 51th Street. Dann starrte auch er, wie schon Grave Digger, Roman an.

»Jedenfalls ham die Leute in den Haus das gesagt«, fügte Roman zu seiner Rechtfertigung hinzu. »Er hat mit eim von denen telefoniert un gesagt, daß er um acht zu Haus is – mit eim, der Johnny heißt.«

»Jetzt ist es dreizehn Minuten vor acht«, sagte Coffin Ed. »Diese Oberschwester würde ich gern ...«

»Er hat sie gekauft. Du kennst ja Casper«, wehrte Grave Digger gedankenversunken ab.

Beide dachten angestrengt nach.

»Wenn du Casper wärst und wolltest da heimlich raus, wie würdest dus anfangen!« fragte Grave Digger.

»Ich bin nicht Casper, aber ich würde mir einen Krankenwagen kommen lassen.«

»Zu offensichtlich. Die Bude ist von Reportern überlaufen.«

»Dann einen Leichenwagen«, meinte Coffin Ed. »In dem Krankenhaus sterben so viele Leute, daß ...«

»Clay«, rief Grave Digger aus und schnitt Coffin Ed damit das Wort ab.

Er sah sich um. Die Straße war von Bürowolkenkratzem flankiert, zwischen denen ein paar unausrottbare Mietshäuser übriggeblieben waren.

»Wir müssen an ein Telefon«, sagte Grave Digger und fügte in einem plötzlichen Einfall hinzu: »Fahr rüber zum siebzehnten.«

Das 17. Revier lag in der 51th Street zwischen der Lexington Avenue und der Third Avenue. In zwei Minuten waren sie dort. Coffin Ed rief Clay an, während Grave Digger daneben stand. Roman hatten sie mit Handschellen gefesselt im Wagen sitzen lassen.

»Clays Bestattungsinstitut«, meldete sich die zänkische Stimme des alten Mannes.

»Clay? Hier Ed Johnson und Digger Jones. Haben Sie Casper einen Leichenwagen geschickt, der ihn nach Hause bringen sollte?«

»Ich bekomme es langsam satt, daß jeder Caspers Leichenwagen bewachen will«, antwortete der alte Mann schroff. »Als ob er nicht selber auf sich aufpassen könnte. Er hat schon Joe Greens Boys. Und außerdem haben die Pinkertons Leute geschickt ...«

»Was? Die Agentur Pinkerton?«

»Das haben sie mir jedenfalls gesagt. Sie schicken drei Leute im Auftrag der ...«

»Gütiger Himmel!« stöhnte Coffin Ed und unterbrach die Verbindung. »Geben Sie mir die Detektei Pinkerton«, verlangte er von dem Mann am Klappschrank.

Als er das Gespräch beendet hatte, sahen er und Grave Digger sich an. In ihren Augen stand eine Angst, wie sie sie nie zuvor gekannt hatten.

»Ohne Zweifel haben sie ihn inzwischen – aber warum?« sagte Coffin Ed.

»Darum gehts jetzt nicht«, lispelte Grave Digger. »Die Frage heißt: wo?«

»Irgendwo muß eine Querverbindung sein«, sagte Coffin Ed.

»Wir haben noch einen Trumpf. Wir könnten so tun, als wären wir dieser Bernard Kaufman.«

»Dazu müßten wir seinen richtigen Namen kennen.«

»Spielt keine Rolle. Es ist unsere einzige Chance«, argumentierte Grave Digger. »Sie kann Baron ans Licht bringen.«

Coffin Ed verstand. »Kann sein«, räumte er ein. »Aber dazu brauchen wir Romans Freundin.«

»Die holen wir uns und zwar schnell. Es bleibt uns fast keine Zeit mehr.«

Sie gingen zum Wagen hinaus und nahmen Roman in die Zange.

»Wir wollen Baron eine Falle stellen, mein Sohn, und brauchen dazu deine afrikanische Königin. Um ihn zu identifizieren«, sagte Coffin Ed.

»Das kann ich tun«, widersprach Roman. »Die brauchn Sie gar nich dazu.«

»Wir brauchen euch beide und haben keine Zeit, darüber zu streiten. Das Leben eines Mannes kann davon abhängen; eines bedeutenden Mannes, der für uns Farbige wichtig ist. Wenn du uns jetzt hilfst, helfen wir dir später. Aber wenn nicht, schlagen wir dich ans Kreuz. Ist dir schon mal kalt gewesen?«

»Jawohl, Sir, schon sehr oft.«

»Aber noch nicht so kalt, wie wir dirs machen werden. Wir bringen dich zum Fluß, fesseln dir die Füße mit Ffandschellen und hängen dich ins Wasser.«

Schon bei dem Gedanken begann Roman zu schaudern.

»Wenn ich Ihn sag, wo sie is, dann verhafn Sie sie doch nich?« bat Roman. »Sie hat ja nix getan.«

»Wenn sie uns hilft, Baron zu fassen, bekommt sie einen Orden«, versprach Coffin Ed.

Sie standen in dem verlassenen Büro des Bootshauses neben der Lagune, gegenüber dem Apartmenthaus, in dem Casper Holmes wohnte, und telefonierten. Es war kalt und feucht, und eine zolldicke Eisschicht bedeckte den Boden. Coffin Ed war am Apparat und sprach durch einen Kunststoffkamm.

»Hier ist Bernie«, sagte er. »Hör nur zu, sprich nicht. Dein Apparat wird von der Polizei überwacht. Bring Baron dazu, daß er sich sofort mit mir in Verbindung setzt.«

»Ich weiß nicht, wovon Sie reden«, erwiderte die Stimme am anderen Ende der Leitung kalt.

Er hängte ein.

Grave Digger machte ein zweifelndes Gesicht.

Coffin Ed hob nur die Schultern.

Roman und Sassafras, die mit Handschellen aneinandergefesselt daneben standen, starrten ihn an, als ob er den Verstand verloren hätte.

»Wenn Sie versuch ham, den Misser Bernard Kaufman nachzumachn, der den Kaufvertrag abgestempelt hat, dann haben Sie aber gar nich wie der geklungn«, sagte Sassafras voller Verachtung.

Diese Möglichkeit hatten die Detektive schon in Betracht gezogen.

»Na ja, warten wirs ab«, lispelte Grave Digger.

Sie führten das gefesselte Paar hinaus und gingen über den Gehweg zu Coffin Eds Plymouth. Er parkte zwischen zwei schneebedeckten Wagen unerkennbaren Fabrikats in der 110th Street, unmittelbar gegenüber dem Eingang des Apartmenthauses, in dem Casper wohnte. Nichts wies ihn als Polizeiwagen aus.

Coffin Ed schloß ihn auf, ließ den Motor an und schaltete die Scheibenwischer ein. Grave Digger setzte sich vorn neben ihn, Roman und Sassafras kletterten hinten hinein.

Der Plymouth stand in Fahrtrichtung zur Fifth Avenue, die den Central Park im Osten begrenzt. Alle Busse, die über die Fifth Avenue nach Norden fahren, biegen hier in die 110th Street ein. Die Kontrollstelle der Busgesellschaft befindet sich unmittelbar hinter der Ecke an der Nordseite der 110th Street. Daneben liegt eine Bar. Hier war die nächste Telefonzelle.

Coffin Ed drehte sich auf seinem Platz um und sagte: »Paßt auf. Ihr sollt die Haustür dort drüben beobachten. Wenn ihr jemand herauskommen seht, den ihr kennt – irgend jemand –, dann sagt uns, wer das ist.«

»Jawohl, Sir«, antworteten sie unisono und starrten über die Straße.

Ein kleiner, dicker Mann kam aus dem Haus. Er trug einen blauen Mantel, einen weißen Schal und einen schwarzen Homburg. Grave Digger blickte von Sassafras zu Roman. Keiner gab ein Zeichen. Ein Paar im mittleren Alter kam heraus, eine Frau mit einem kleinen Mädchen ging hinein, ein großer Mann im Polomantel kam herausgestürmt.

Dann kam Leila Holmes. Sie trug dunkle Slacks, schwarze, pelzgefütterte Stiefel und einen weitgeschnittenen Zuchtnerz. Um den Kopf hatte sie einen weizenfarbenen Kaschmirschal geschlungen, Sie wandte sich mit schnellen Schritten der Ecke der Fifth Avenue zu.

Coffin Ed fuhr an und lenkte den Wagen langsam in den Verkehr. Er überholte die eilige Frau auf der anderen Straßenseite und verlangsamte das Tempo.

Eine Straßenlaterne goß weißes Licht über den Schnee.

Als Leila in den Lichtkreis trat, rief Sassafras aus: »Da is Misser Baron.«

Roman fuhr auf, beugte sich dann hastig vor. Die Augen quollen ihm aus dem Kopf. »Wo?«

»Da!« schrie Sassafras mit ihrer hohen, schrillen Stimme. »Die in dem Pelzmantel! Das is er!«

»Das is doch ne Frau!« schrie Roman sie an. »Biste verrückt?«

»Klar is er ne Frau«, schrie Sassafras zurück. »Die Hur würd ich überall erkenn.«

Coffin Ed war bereits ein Stück vorgefahren und wendete jetzt mitten auf der Fahrbahn, um Leila den Weg abzuschneiden.

»Verdammt, Sassy, warum haste mir das nich gesagt?« tobte Roman.

»Bilds du dir ein, ich sag dir, daß er ne Frau is?« krähte Sassafras triumphierend.

Der Plymouth fuhr jetzt dicht vor Leila und hielt. Grave Digger stieg aus, kletterte über einen Schneehaufen und schob sich zwischen zwei parkenden Wagen hindurch. Leila bemerkte ihn erst, als er sie am Arm ergriff. Sie riß das Gesicht hoch, starr vor Panik. Ihre großen braunen Augen waren Teiche der Angst, ihre glatte braune Haut hatte einen schmutziggrauen Ton angenommen. Dann erkannte sie ihn.

»Nimm deine Dreckpfoten von mir, stinkender Polyp«, schrie sie in plötzlich aufflackernder Wut und versuchte ihren Arm zu befreien.

»Wir wollen uns in den Wagen setzen, Mister Baron«, lispelte Grave Digger mit seiner wattigen Stimme. »Oder möchten Sie auf offener Straße Ohrfeigen?«

Blut schoß ihr ins Gesicht, daß sie aussah wie eine grellgeschminkte Indianerin. Ihre Augen zogen sich zu Schlitzen zusammen und funkelten vor Wut. Aber sie wehrte sich nicht mehr. Sie sagte nur gepreßt: »Unverschämter Kerl. Ich sorge dafür, daß Casper Sie feuern läßt.«

»So lange wird Casper nicht mehr leben, wenn wir ihn nicht schnell finden«, lispelte er.

»Mein Gott«, stöhnte sie und wurde schlaff.

Er mußte sie zu dem wartenden Wagen fast tragen. Coffin Ed öffnete den Schlag, und sie setzten sie zwischen sich auf den Vordersitz.

»Wie haben Sie mich erkannt?« fragte sie.

»Es konnte gar nicht anders sein«, erklärte Coffin Ed. »Sie mußten eine Frau sein, sonst hätten Sie zur Liga gehört. Und niemand in der Liga kannte Sie.«

»Die kennen nur Casper«, antwortete sie erbittert.

Grave Digger sah auf die Uhr. »Neunzehn nach acht«, lispelte er. »Wenn wir noch eine Chance haben, hängt es davon ab, wie zäh Casper ist. Und wieviel Sie uns jetzt sagen. Und wie schnell.«

Sie warf den Kopf in den Nacken. »Ich habe nichts mit der Geschichte zu tun. Falls Sie das denken ...«

»Sparen Sie sich das«, knurrte Coffin Ed.

»Ich hab es nur vermutet«, sagte sie. »Ich erkannte den Weißen, als sie uns anhielten, nachdem sie Junior überfahren hatten. Ich weiß nicht, warum ...«

»Das hat Zeit.«

»Ich hatte ihn am Freitagmorgen mit Casper sprechen sehen und wußte, daß er ein Fremder war. Dann erinnerte ich mich, daß Casper am Donnerstagabend ein Ferngespräch nach Indianapolis geführt hatte, unmittelbar nachdem er von Grover Leighton angerufen worden war. Da habe ich mich gleich gefragt, was er vorhatte ...«

Grave Digger explodierte: »Verdammt noch mal, kommen Sie doch zur Sache!«

»Als ich dann entdeckte, daß das die Leute gewesen waren, die Casper beraubt hatten, durchschaute ich, daß er selbst sie dazu angestiftet hatte.« Sie holte tief Luft, und ihr Gesicht verzerrte sich seltsam. »Kein Mensch kann Casper berauben, wenn er es nicht selber will.«

»So gibt es Sinn«, räumte Coffin Ed ein.

»Aber warum haben sie ihm jetzt noch mal aufgelauert? Was wollen sie noch von ihm?«

Sie seufzte. »Wahrscheinlich hat er sie um ihren Anteil geprellt.«

»Er hat sie betrogen?« Coffin Eds Verblüffung war nicht zu überhören. »Er hat gewagt, diese gefährlichen Banditen zu betrügen?«

»Warum nicht?« entgegnete Leila. »Casper würde seine eigene Mutter betrügen. Er hat vor niemand Angst, der auf zwei Beinen läuft. Er wollte sie erst um ihren Anteil betrügen und dann hochgehen lassen. Wahrscheinlich hatte er die Aktentasche mit alten Zeitungen vollgestopft.«

»Die bringen ihn um«, sagte Coffin Ed.

»Aber erst, wenn sie das Geld aus ihm herausgeholt haben«, widersprach Grave Digger. »Wo kann es versteckt sein?« fragte er Leila.

»In seinem Büro«, antwortete sie dumpf. »Er ist sonst nirgendwo hingekommen.«

Grave Digger sah wieder auf die Uhr. Es war vierundzwanzig Minuten nach acht. Der Plymouth war bereits angefahren.

»Halt durch, Mann«, lispelte Grave Digger mit seiner wattigen Stimme, während er den langläufigen, vernickelten Revolver aus der Schulterhalfter zog und die Patronen in der Trommel überprüfte. »Halte durch. Wir kommen.«

19

»Einbringen wirds mir nichts«, murmelte Leila Baron Holmes vor sich hin. Sie zog einen großen Schlüsselring aus der Tasche des Nerz und suchte nach dem richtigen Schlüssel.

Die rechte Hälfte ihres Gesichts wurde von den orangefarbenen Neonleuchten der benachbarten *Paris Bar* angestrahlt und spiegelte sich in der Glasscheibe der Haustür.

In der schwarzen Finsternis kauerte oben an der Treppe ein Mann und beobachtete sie. Er nahm die Colt-Pistole in die Linke, wischte sich die verschwitzte rechte Hand am Mantel ab und erneuerte den Griff um die Waffe. Er zog die Unterlippe ein und wartete.

Leila fand den passenden Schlüssel und schloß auf. Sie steckte die Schlüssel in die Tasche zurück und tastete nach dem Lichtschalter rechts an der Wand. Ihre behandschuhten Finger fanden ihn. Sie drückte auf den Knopf, aber das Licht ging nicht an.

»Verdammt«, schimpfte sie mit zitternder Stimme und versuchte vergeblich, Ärger mitklingen zu lassen.

Sie drehte sich um, drückte die Tür hinter sich zu und begann die Treppe hinaufzusteigen. Sie bebte am ganzen Körper und mußte ihre widerstrebenden Füße zu jeder Stufe zwingen.

Ein starker, Nerven und Sinne aufreizender Duft nach einem französischen Parfüm strömte von ihr aus.

Der Mann oben an der Treppe brachte sich außer Sicht und wartete.

Als sie den Fuß auf den Läufer im Gang setzte, legte er ihr von hinten den rechten Unterarm um die Kehle, preßte ihr den linken Ellbogen zwischen die Schulterblätter, hob sie vom Boden hoch und drückte ihr die Luft ab.

Ohne jede Wirkung trat und schlug sie um sich, während er sie durch den Gang trug.

»Sei ruhig, oder ich brech dirs Genick«, flüsterte er heiser und blies sich ihr parfümiertes Haar aus dem Gesicht.

Sie begann zu zucken und sich zu winden. Vor der letzten Tür blieb er stehen und stieß mit dem Fuß leicht gegen die untere Füllung. Die Tür wurde von innen abrupt geöffnet. Doch nur das Weiße in den Augen des Mannes vor ihnen war zu sehen. Leilas mühsamer Atem zischte laut in der unheilschwangeren Stille.

»Was ist los?« wurde flüsternd gefragt.

»Ich hab eine Frau – kannst du sie nicht riechen?« flüsterte der Aufpasser als Antwort und trat in Caspers Vorzimmer, wobei er Leila immer noch am Hals hochhielt.

Lautlos schloß sich die Tür hinter ihnen. Das Schloß schnappte leise ein.

»Was gibts?« fragte eine Stimme aus dem Nebenzimmer.

»Eine Frau«, wiederholte der Aufpasser und betonte das Wort unwillkürlich. Leila rieb sich an ihm und versuchte ihn zu reizen. Ehe sie ins Haus getreten war, hatte sie sich mit einem Duft-Aphrodisiakum übergossen.

Das betäubende Parfüm und seine vor Gier schwellende Zunge machten es dem Mann fast unmöglich zu atmen. Ihr Zittern stachelte seine Sinne an. Er ließ sie so weit sinken, daß ihre Fußspitzen den Boden berührten, und lockerte den Griff, damit sie leichter atmen konnte.

Plötzlich ging in Caspers Privatbüro Licht an.

»Bring sie rein«, befahl die Stimme. Der Aufpasser schob Leila durch die Türöffnung, der andere Mann folgte ihm.

Leilas Augen weiteten sich vor Entsetzen, und sie stöhnte klagend auf.

Das Büro war ein Chaos. Schubladen waren aufgerissen, Papiere auf dem Boden verstreut, die Lederpolsterung der Sessel aufgeschlitzt, Kleidungsstücke aus einem Wandschrank zu Fetzen zerrissen; der Safe in der Ecke stand offen.

Ein dichtes grünes Springrollo verdeckte das Fenster, das auf den Lichthof führte, und auch die Rolläden an den beiden Fenstern zur Straße waren heruntergelassen. Casper lag mit dem Rücken auf dem dunkelroten Teppich. Seine Beine waren weit gespreizt, die Knöchel mit einer Verlängerungsschnur an die Füße des Schreibtisches gefesselt. Er war bis auf die Unterwäsche ausgezogen. Die Arme waren ihm auf den Rücken gedreht, die Hände mit zwei Paar verschlungenen Handschellen gefesselt, die vorn über den Hals führten und auf die Kehle drückten. Er war mit seinem schwarzen Seidenschal geknebelt. Blut rann ihm übers Gesicht.

Die Schreibtischlampe stand auf dem Boden; ihr Schein war auf Casper gerichtet. Sie war die einzige Beleuchtung.

Caspers Augen waren geschlossen. Er sah aus, als wäre er dem Tod nah. Aber Leila erkannte intuitiv, daß er bei Bewußtsein und hellwach war. Diese Erkenntnis bewahrte sie vor einer Ohnmacht, half ihr aber nicht gegen ihr Entsetzen.

Der Weiße kniete mit einem Messer neben Casper und drückte es ihm fest gegen die Kehle. Das schwarze Haar des Weißen klebte ihm unverändert am Kopf, aber seine Nasenflügel waren weiß geworden. Er starrte Leila aus schwarzen Augen an, die den funkelnden Emailleglanz von Schlangenaugen hatten.

»Wer ist das?« fragte er, scheinbar ohne jedes Interesse.

»Ich weiß nicht. Sie kam mit ihrem eigenen Schlüssel ins Haus.«

»Ich bin Leila Holmes«, sagte sie mit einer Stimme, die klang, als ob ihr die Zunge am Gaumen klebte.

»Caspers Hure«, sagte der Weiße und stand auf. »Halt sie fest, ich mach sie kalt.«

Leila winselte und drängte sich Schutz suchend dicht an den Aufpasser. »Sie werden mir doch von dem Wahnsinnigen nichts tun lassen?« flehte sie mit vor Entsetzen kaum hörbarer Stimme.

Plötzlich waren sie Pferde verschiedener Farbe.

Der farbige Aufpasser schob Leila weg und zog seine Pistole. Er richtete die nicht auf den Weißen, aber er zeigte sie ihm.

»Das laß ich nicht zu«, knurrte er.

Der Weiße sah ihn ausdruckslos an.

»Geh wieder raus auf deinen Wachtposten«, befahl er.

»Die Türen sind abgeschlossen«, antwortete der Aufpasser.

»Geh trotzdem raus.«

Der Aufpasser rührte sich nicht von der Stelle. »Was willst du mit ihr machen?«

»Sie kaltmachen, verdammt noch mal. Was sonst?« entgegnete der Weiße. »Glaubst du, ich laß sie leben, damit die mich auf den heißen Stuhl bringt?«

»Wir können sie benutzen, um ihn zum Sprechen zu bringen«, argumentierte der Aufpasser.

»Glaubst du, der redet, um die da zu retten?« Leila hatte sich zu der Wand geschoben, die die beiden Räume trennte, und näherte sich jetzt dem inneren Fenster.

»Laß ihn mich nicht umbringen«, flehte sie mit Kleinmädchenstimme, um ihre Aufmerksamkeit abzulenken.

Der Mund stand ihr offen; die Zungenspitze glitt über die trockenen Lippen, um die rote Schminke zum Glänzen zu bringen. Sie reckte die Brüste vor und wiegte sich in den Hüften, als ob ihr Becken auf Kugellagern montiert wäre. Mit allem, was sie hatte, spielte sie ihren Sex und ihre Rasse aus. Aber ihre großen braunen Augen waren dunkel vor Angst.

Der Weiße drehte dem Aufpasser den Rücken zu und kam mit erhobenem Messer auf sie zu.

Der andere Farbige warnte: »Vorsicht, er legt dich um.«

Der Weiße blieb stehen, starrte aber Leila weiter an, ohne sich umzudrehen. »Was ist mit euch Niggern los?« sagte er. »Die Hure muß stumm gemacht werden, und wir haben nicht die ganze Nacht Zeit.«

Das Wort ›Nigger‹ entfremdete ihn den beiden anderen. Zuerst waren sie nur wegen einer Frau uneinig gewesen, jetzt stand ihre Rasse wie eine Kluft zwischen ihnen. Keiner der Farbigen rührte sich oder sagte etwas.

Unten in der *Paris Bar* hatte jemand eine Münze in die Musikbox geworfen, und der langsame, hypnotisierende Rhythmus eines alten Blues klang gedämpft durch den Fußboden.

Der andere Farbige entschloß sich, den Friedensstifter zu spielen. »Ihr zwei braucht euch wegen einem Weib nicht in die Haare zu kriegen«, sagte er. »Wir wollen vernünftig sein.«

»Was heißt vernünftig?« entgegnete der Weiße. Seine breiten, hängenden Schultern schienen unter dem weiten blauen Mantel in der Bewegung erstarrt zu sein.

Zoll um Zoll bewegte sich Leila weiter, versuchte den Aufpasser mit Blicken zu betören, die tausend Nächte besessener Liebe verhießen. Ihr ganzes Leben lang hatte sie ihren Sex aus Lustgier ausgespielt, nun ging es um ihr Leben, aber es hatte nicht die gleiche Wirkung. Sie fühlte sich so reizlos wie eine Kalbskeule. Doch alles hing davon ab, und sie zwang ihre steifen, zitternden Lippen, beschwörende Worte zu formen.

»Laß mich nicht von ihm umbringen, bitte. Ich flehe dich an. Ich gebe dir Geld – soviel du willst. Ich will für dich jede Frau sein, die du dir vorstellen kannst, nur laß ihn nicht ...«

»Halts Maul«, fuhr der Weiße sie an.

»Laß uns drüber reden«, maulte der Aufpasser. Gier schüttelte ihn und erstickte ihn halb.

»Wir haben schon zuviel geredet«, erwiderte der Weiße und näherte sich Leila wieder.

Leila riß die Hand zum Mund, wagte aber nicht zu schreien.

Der Aufpasser ging ein paar Schritte vor und stieß dem Weißen die Mündung seiner Waffe ins Kreuz.

Der Weiße verstand die Drohung. Mit erhobener Hand blieb er stehen. »Du wirst nicht auf mich schießen«, sagte er. Seine Stimme klang so gefährlich wie das Warnsignal einer Klapperschlange.

»Ich will nur, daß du sie in Ruhe läßt«, antwortete der Aufpasser, mit einer Stimme, die ebenso gefährlich klang.

Der zweite Farbige zog gleichfalls seinen .38er und hielt ihn in der linken Hand an seiner Seite.

»Jetzt langts mir hier«, sagte er. »Für mich stecken in der Sache fünfzehntausend drin.«

»Kleine Fische«, flüsterte Leila und hielt den Aufpasser mit ihrem Blick gebannt.

Schweiß bedeckte ihre Schläfen und ihre Oberlippe, eine Ader links an ihrer Kehle pulsierte. Sie atmete, als ob sie nicht genug Luft bekommen könne. Ihre Brust hob und senkte sich in dem anliegenden Seidenpullover wie ein Blasebalg. Aber alles, was sie noch vom Leben ersehnte, war, an das Fenster zu kommen, und das schien ihr zehntausend Meilen weit entfernt.

Unbemerkt von dem Aufpasser drehte der Weiße das Messer in seiner Hand um und faßte es an der Spitze.

»Sie fängt jeden Augenblick an zu schreien«, warnte er.

Der Aufpasser machte ein Angebot. »Ich geb dir meinen Anteil für sie.«

Leila glitt näher ans Fenster. »Du wirst dabei nichts verlieren«, versprach sie.

Niemand sprach. In der Stille wiederholte sich der langsame, hypnotisierende Rhythmus, der von unten kam, wechselte alle acht Takte das Instrument zu einem neuen Solo.

»Abgemacht«, sagte der Weiße. »Geh jetzt zur Tür zurück.«

»Ich bleibe hier. Lefty kann an die Tür gehen.«

Leila drehte ihren Rücken dem Fenster zu und tastete hinter sich nach dem Springrollo. Ihre Finger fanden die Zugschnur.

»Bring ihn um!« schrie sie und riß an der Schnur.

Alles geschah gleichzeitig.

Das Rollo flog nach oben und schlang sich mit dem erschreckenden, hackenden Geräusch einer wildgewordenen Schnarre um die Walze.

Leila ließ sich zu Boden fallen, als der Weiße das Messer warf. Es traf sie noch im Magen.

Der Aufpasser schwang seine Pistole und suchte nach einem Ziel.

Glas splitterte, und der Raum erbebte von dem scharfen, ohrenbetäubenden Knallen der hochbrisanten .38er, als Grave Digger, der draußen auf der schneebedeckten Feuertreppe stand, durch das eiserne Fenstergitter schoß und dem Aufpasser in weniger als einem Zoll Abstand zwei Kugeln durchs Herz jagte.

Gleichzeitig erklangen zwei Schüsse vom Korridor her. Metall knirschte, Holz splitterte, und kalte Luft strömte in den Raum.

Der linkshändige Revolvermann fuhr zur Verbindungstür herum. Er lief in einen Kugelhagel und kam mit zwei zusätzlichen Augen in der Stirn zurückgetaumelt, wobei ihm sein Mantel um die Beine klatschte.

Ohne jeden Ausdruck auf seinem finsteren, brutalen Gesicht zog der Weiße von der Schulter. Er war blitzschnell.

Aber Grave Digger hatte schon Ziel genommen. Erst schoß er dem Weißen in den rechten Arm, genau über dem Ellbogen, und ein zweites Mal in die linke Kniescheibe.

Dem Weißen fiel der Revolver aus der Hand, als er vornüber auf den Teppich stürzte. Der Schmerz in seinem Knie war mörderisch, aber er gab keinen Laut von sich. Er war wie ein verwundeter Tiger – stumm, angeschlagen, aber nach wie vor der blutgierigste Mörder, den der Dschungel kannte. Ohne aufzublicken, wohl wissend, daß er keine Chance mehr hatte, wälzte er sich herum und streckte die Linke nach seinem Revolver aus.

Coffin Ed kam aus dem Vorzimmer und stieß die Waffe mit dem Fuß aus seiner Reichweite, dann ging er durch den Raum und schoß das Vorhängeschloß vom Fenstergitter ab.

Grave Digger riß es auf, stieß mit dem Schuh die restlichen Splitter aus dem Rahmen und sprang in den Raum. Ein Schneeschauer folgte ihm.

Leila lag zusammengekrümmt an die Wand gedrückt, hielt mit den Händen den Messergriff umklammert und stöhnte leise.

Grave Digger kniete vor ihr nieder, löste ihr behutsam die Hände von dem Messer und schloß sie ihr auf dem Rücken mit Handschellen zusammen.

»Sie dürfen es nicht herausziehen«, lispelte er sanft. »Das würde Sie nur töten.«

Coffin Ed war damit beschäftigt, dem Weißen die unverletzte linke Hand mit dem unverletzten rechten Fuß zusammenzufesseln. Der Weiße sah ihn ohne jeden Ausdruck an.

Casper öffnete endlich die Augen. Coffin Ed löste ihm den Knebel.

»Macht mich schnell frei«, sagte Casper mühsam, weil er den Mund voll Blut hatte.

Grave Digger schloß ihm die Handfesseln auf, und Coffin Ed befreite seine Füße.

Casper erhob sich auf Hände und Knie und schaute sich um. Er entdeckte den gefesselten Weißen. Beider Blicke begegneten sich. Casper sah den Revolver des Weißen auf dem Boden neben dem Schreibtisch. Wie ein Bär krabbelte er auf allen vieren auf die Waffe zu und packte sie. Jeder beobachtete ihn, aber keiner außer dem Weißen erwartete das, was kam. Casper jagte dem Weißen drei Kugeln in den Kopf.

Coffin Ed wurde rasend vor Wut. Er trat Casper den Revolver aus der Hand und zielte mit seinem eigenen Revolver auf Caspers Herz.

»Gottverfluchter Schweinehund, ich bring dich um!« brüllte er. »Er gehörte uns, nicht dir, du verdammter Schweinehund! Wir haben die ganze Nacht geschuftet und den ganzen Tag, um diesen Schuft zu fassen, und du bringst ihn um!«

»Es war Notwehr«, erwiderte Casper mühsam, und das Blut floß ihm von seiner verletzten Zunge. »Ihr habt gesehen, daß der Mutterschänder mich erstechen wollte, oder etwa nicht?«

Coffin Ed hob seinen Revolver, als ob er Casper damit über den Kopf schlagen wollte. »Ich sollte dir den Schädel einschlagen und behaupten, es wäre ein Unfall gewesen«, tobte er.

»Langsam, Ed. Ruhe, Mann«, warnte Grave Digger. »Du bist auch nicht der liebe Gott.«

Leila lachte hysterisch. »Ihr habt gewußt, was für ein Mensch er ist, als ihr mich und alle anderen riskiert habt, um ihn zu retten.«

Grave Digger beobachtete, wie Casper sich mühsam vom Boden erhob und zu dem Schrank wankte, um sich etwas anzuziehen.

»Mann, bedeutet Ihnen Geld wirklich soviel?« fragte er.

»Was für Geld?« fragte Casper zurück.

Unten auf der 125th Street gab es einen Auflauf. Der Verkehr war lahmgelegt. Joe Greens großer schwarzer Cadillac stand am Anfang einer Wagenreihe, die einen Block weit reichte. Der Motor lief, aber niemand saß in dem Wagen. Die Gehsteige auf beiden Seiten der Straße waren mit Menschen überfüllt. Die *Paris Bar* und das *Palm Cafe* und die *Apollo Bar* hatten ihre Gäste ausgespien. Die drei Kinos waren um der größeren Attraktion willen verlassen worden.

»Hahawassaachtmadazu! Jede Nacht ne Schießerei!« krähte ein Witzbold triumphierend. »Isses nich verrückt, Mann? Isses nich verrückt?«

Streifenwagen strömten aus allen Richtungen zusammen, wanden sich um die aufgehaltenen Wagen herum und zwischen ihnen hindurch, auf der richtigen oder falschen Fahrbahn, fuhren über den Gehsteig, wenn es notwendig war. Ihre Sirenen heulten wie die Seelen der Verdammten. Ihre roten Blinklichter rollten wie Augen der Hölle.

Polizisten sprangen heraus. Ihre großen Füße stampften durch knöcheltiefen Schneematsch und polterten die Treppe hinauf.

Bei dem Anblick, der sie erwartete, quollen ihnen die Augen aus dem Kopf.

Coffin Ed telefonierte nach einem Krankenwagen.

Grave Digger blickte vom Boden auf, wo er wieder neben Leila kniete, der er tröstend über die Stirn strich. »Außer dem Lügen ist jetzt alles vorbei«, lispelte er.

20

Casper Holmes war wieder im Krankenhaus. Seine Augen und sein Mund waren bandagiert, er konnte weder sehen noch sprechen. In seine Nasenlöcher führten Schläuche, und er hatte so viel Morphium bekommen, daß es einen Süchtigen umwerfen konnte. Aber er war bei Bewußtsein und hellwach. Seinen Ohren fehlte nichts, und er konnte blind schreiben. Er spielte immer noch Gott.

Um elf Uhr an diesem Abend hielt er die Pressekonferenz ab, die er für zehn Uhr angesetzt hatte, gegen den ausdrücklichen Rat der Ärzte.

Sein Zimmer war von Reportern und Fotografen überfüllt. Seine Hände gestikulierten ausdrucksvoll. Er war in seinem Metier.

Er hatte eine Erklärung niedergekritzelt, die besagte, daß die Banditen offensichtlich einen zweiten Tip bekommen haben mußten und einen weiteren Raubversuch gewagt hatten, ehe sie die Stadt verließen.

Er hatte sich einen kleinen Block und einen Stift geben lassen, mit deren Hilfe er Fragen beantwortete.

Die Fragen kamen hart und schnell.

Er kritzelte die Antwort hin, riß das Blatt ab und warf es ans Fußende seines Bettes.

Frage: Haben Sie eine zweite Auszahlung erhalten?

Antwort: Teufel, nein.

Frage: Woher hatten die Banditen den Tip?

Antwort: Fragen Sie einen Hellseher.

Frage: Woher haben die Banditen von der ersten Auszahlung erfahren?

Antwort: Weiß ich nicht.

Frage: Warum haben Sie das Krankenhaus heimlich in einem Leichenwagen verlassen?

Antwort: Aus Sicherheitsgründen.

Frage: Warum sind Sie noch an Ihrem Büro vorbeigefahren?

Antwort: Aus privaten Gründen.

Frage: Wie kam Ihre Frau dorthin?

Antwort: Ich hatte sie dazu aufgefordert.

Frage: Wie haben die Detektive Jones und Johnson Sie dort gefunden?

Antwort: Fragen Sie sie selbst.

Frage: Was halten Sie von dem allen?

Antwort: Ich habe Glück gehabt.

So ging es weiter. Er verriet nicht die geringste Kleinigkeit.

Nachher hatte er eine vertrauliche Besprechung mit seinem farbigen Rechtsanwalt Frederick Douglas Henderson. Er kritzelte einige Anweisungen: Veranlassen Sie, daß die Anschuldigungen gegen den Matrosen Roman Hill niedergeschlagen werden. Geben Sie ihm einen Scheck über sechstausendfünfhundert Dollar, und schaffen Sie ihn mit dem ersten Schiff, das ausläuft, außer Landes. Dann erheben Sie in seinem Namen Anspruch auf die sechstausendfünfhundert Dollar, die bei dem toten weißen Banditen gefunden werden. Rufen Sie ferner Clay an und sagen Sie ihm, er soll die Effekten der Leiche für mich persönlich aufbewahren. Alles verstanden?

Rechtsanwalt Henderson las die Anweisungen nachdenklich durch.

»Wessen Leiche?« fragte er.

Casper schrieb: Das weiß Clay.

Als Henderson gegangen war, kritzelte Casper auf ein weiteres Blatt: Halt den Mund!

Er klingelte nach der Schwester und schrieb: Bringen Sie mir einen Umschlag!

Sie brachte ihm den Umschlag. Er faltete den Zettel, steckte ihn in den Umschlag und verschloß ihn. Auf die Vorderseite schrieb er: Mrs. Casper Holmes. Er hielt den Umschlag der Schwester hin.

Leila lag im Nebenzimmer, aber die Schwester überbrachte ihr die Mitteilung nicht. Leila lag seit der Operation in einem Sauerstoffzelt und erhielt Plasma-Infusionen. Es stand auf Messers Schneide.

Big Six lag in einem kleineren, billigeren Privatzimmer, für das Joe Green bezahlte. Er war in Ohnmacht gesunken. Das Messer stak noch in seinem Kopf. Anweisung war ergangen, es nicht anzurühren, bis sich im Gehirn eine Kapsel darum gebildet hatte, die den Versuch einer Entfernung erlaubte. Es lag kein Bericht vor, daß eine derartige Operation schon einmal erfolgreich verlaufen war, und Gehirnspezialisten im ganzen Land waren zugezogen worden.

George Drakes Leiche wurde kurz nach Mitternacht von einem Kellner gefunden, der sich auf dem Heimweg befand. George Drake war das achte Opfer, das an diesem Wochenende als Ergebnis dessen, was später in Harlem, als der ›Casper-Raub‹ bekannt wurde, ins Leichenschauhaus gebracht wurde.

Es schneite die ganze Nacht, und am Montag war noch keine Änderung abzusehen. Um Mitternacht waren die großen Schneeabsauger eingesetzt worden; die Räum-Mannschaften der Stadt hatten die ganze Nacht einen unermüdlichen Kampf gegen den Schnee geführt, den sie aber langsam verloren.

Um elf Uhr an diesem Morgen verließ Roman Hill mit einem Frachtschiff New York, das nach Rio de Janeiro auslief. Ehe er seine Arbeit aufnahm, übergab er dem Kapitän sechstausendfünfhundert Dollar in bar zur Aufbewahrung.

Sassafras hatte ihn verabschiedet. Als sie von den Docks zurückging, begegnete sie einem Mann, der sie sehr an Roman erinnerte.

Der Mann hatte ein Zimmer in Brooklyn und lud sie zu einem Drink in einer nahen Bar ein. Sie sah keinen Grund, weshalb sie durch den tiefen Schnee den weiten Weg nach Harlem zurücklegen sollte, wenn sie in Brooklyn Gleichwertiges finden konnte.

Mittags um fünf vor zwölf machten zwei Detektive des Verkehrsdezernats einen Fund. Im Ausstellungsraum eines Cadillac-Händlers am mittleren Broadway entdeckten sie den goldenen Cadillac. Er hatte vor der Einfahrt zur Inspektionsabteilung gestanden, hoch von Schnee bedeckt, als die Mechaniker an diesem Morgen zur Arbeit erschienen waren.

Niemand wollte zugeben, daß er wisse, wie der Wagen dorthin gekommen war.

Einer der ältesten Verkäufer der Firma, Herman Rose, ähnelte allerdings sehr der Beschreibung, die Roman Hill von dem Mann gegeben hatte, der als Bernard Kaufman aufgetreten war, um den gefälschten Kaufvertrag zu beglaubigen.

Aber es lag keine Anzeige gegen ihn vor, und niemand konnte ihn identifizieren, deshalb ließ sich in der Sache nichts unternehmen.

Grave Digger und Coffin Ed wurden kurz nach dem Mittagessen in das Büro des Chefinspektors im Präsidium gerufen. Das Büro war voller großer Tiere, darunter auch ein Stellvertreter des District Attorney und ein Sonderbeauftragter von der Dienststelle des Commissioners.

Sie wurden gefragt, weshalb sie versucht hätten, die Banditen im Alleingang zu fassen und dabei Mrs. Holmes als Köder benutzten, statt das Revier zu benachrichtigen und auf Anweisungen des Diensthabenden zu warten.

»Wir wollten Holmes' Leben retten«, erwiderte Coffin Ed. »Wenn der Block von Polizei abgeriegelt worden wäre, hätten diese Schufte ihn bestimmt umgebracht.«

Der Chefinspektor nickte. Es war ohnehin nur eine rein formelle Frage gewesen.

Was die großen Tiere wirklich wissen wollten, war die Ansicht der beiden über Caspers Schuld.

»Wer kann das wissen«, lispelte Grave Digger.

»Ihm ist nichts nachzuweisen«, sagte Coffin Ed. »Wir wissen auch nur, daß seine Frau etwas vermutet.«

»In was für Schweinereien hatte die denn ihre Finger drin?« fragte der Chefinspektor.

»Da sind wir nicht dahintergekommen«, gab Coffin Ed zu. »Wir wurden völlig von der anderen Geschichte in Anspruch genommen und haben uns mit dieser Sache noch nicht befaßt.«

Der Chefinspektor gab zu, daß eine Gruppe Detektive vom Einbruchdezernat und zwei Fachleute der Agentur Pinkerton, Caspers Büro und das gesamte Gebäude durchsucht und alle Mieter und den Hausverwalter verhört hatten, die fünfzigtausend Dollar aber nicht entdeckt worden waren.

»Ihr kennt Harlem, und ihr kennt Holmes«, sagte der Chefinspektor. »Wo könnte er es versteckt haben?«

»Falls ers überhaupt hat«, lispelte Grave Digger.

»Das ist die Fünfzigtausenddollarfrage«, meinte Coffin Ed.

»Alles, was ich zu der Angelegenheit sagen kann«, erklärte der Stellvertreter des District Attorney, »ist, daß sie stinkt.«

Jetzt war es Montag nacht. Die Schneeräumer hatten das Rennen verloren, die Stadt war eingeschneit. Der sonst übliche Lärm der Metropole wurde durch sechzehn Zoll Schnee zu einer gespenstischen Stille gedämpft.

Grave Digger und Coffin Ed befanden sich im Dienstzimmer des Captains im Polizeirevier von Harlem und sprachen mit ihrem Freund und Vorgesetzten Leutnant Anderson über den Fall. Grave Digger hockte auf dem Schreibtisch des Captains, während Coffin Ed in einer Ecke im Schatten an der Heizung lehnte.

»Wir wissen, daß er selbst dahintersteckt«, lispelte Grave Digger, »aber was können wir machen?«

Eine Ader zuckte an Leutnant Andersons Schläfe, und der Blick seiner blaßblauen Augen war abwesend.

»Wie seid ihr denn auf die Querverbindung zwischen Barons Schwindelgeschäft und dem Überfall auf Casper gekommen?« fragte Anderson.

Grave Digger lachte verhalten.

»Das war leicht«, sagte Coffin Ed. »Es bestand gar keine.«

»Wir hatten einfach Glück«, gab Grave Digger zu. »Es war genauso, wie sie gesagt hat. Sie hatte es nur erraten.«

»Aber ihr habt sie doch entlarvt«, sagte Anderson.

»Das war ja das Glück«, erwiderte Coffin Ed.

»Worin bestanden denn ihre Schwindelgeschäfte?«

»Das werden wir vielleicht niemals ganz genau erfahren, aber wir stellen es uns so vor«, erklärte Coffin Ed. »Leila Baron kannte diesen Autoverkäufer Herman Rose; Casper Holmes hat von ihm seinen Cadillac gekauft. Als ihr Roman in den Weg lief und sie erfuhr, daß er sechseinhalbtausend Dollar gespart hatte, um sich einen Wagen zu kaufen, überredete sie Rose, zusammen mit ihr und Junior Ball – oder Black Beauty, wenn Sie ihn lieber so nennen – Roman auszunehmen. Rose stellte den Wagen. Wahrscheinlich hat er einen Schlüssel zu dem Gebäude. Er ist lange genug bei der Firma und genießt dort volles Vertrauen. Und er spielte auch den öffentlichen Notar, aber damit war seine Rolle erschöpft: Baron wollte Roman in diese einsame Straße lotsen, wo Black Beauty, als alte Frau verkleidet, so tun sollte, als ob er überfahren worden wäre. Zweifellos hatten sie sich eine Methode ausgedacht, wie sie Roman den Wagen wieder abnehmen, aber auch sein Geld behalten konnten. Genau werden wir das nie erfahren, wenn sie es uns nicht sagt. Wahrscheinlich wollte sie ihm angst machen und ihn einschüchtern, damit er das Land sofort wieder verließ. Jedenfalls bogen diese Banditen, die sich als Polizisten getarnt hatten, auf ihrer Flucht gerade im rechten Augenblick in die Straße ein, um das ganze Spiel zu beobachten. Sie sahen, wie der Cadillac die alte Frau angeblich überfuhr. Sie sahen, daß die alte Frau wieder aufstand, und erkannten sofort, daß hier ein Schwindel im Gange war. Also entschlossen sie sich auf eine augenblickliche Eingebung hin, die Sache für ihre eigenen Zwecke auszunutzen. Da hatten sie einen anderen Wagen greifbar vor sich, der nicht als gestohlen gemeldet werden würde, und konnten zusätzlich auch noch Geld bekommen. Deshalb überfuhren sie das angebliche Opfer absichtlich, um es zu töten.«

»Das brauchten sie doch nicht«, warf Anderson dazwischen. »Sie konnten den Cadillac und das Geld doch auch so bekommen.«

»Sie wollten sichergehen. Wenn sie das falsche Opfer tatsächlich töteten, konnte niemand zur Polizei gehen. Sie konnten den Cadillac benutzen, solange sie wollten, ohne fürchten zu müssen, daß sie angehalten wurden.«

»Diese niederträchtigen Schweinehunde«, knurrte Anderson.

»Das brachte uns auf die Vermutung, daß zwischen den beiden Fällen ein Zusammenhang besteht«, sagte Grave Digger. »Beide verrieten eine ungewöhnliche Bösartigkeit.«

»Aber warum haben sie wohl den Wagen zu dem Händler zurückgebracht?« fragte Anderson.

»Das war für sie das sicherste, wenn sie ihn nicht mehr brauchten«, behauptete Coffin Ed. »Am hinteren Fenster klebte ein Schild mit dem Namen und der Adresse des Händlers. Roman und sein Mädchen hatten es nur nicht bemerkt.«

Anderson saß eine Zeitlang nachdenklich da. »Und ihr glaubt, daß Caspers Frau in keiner Weise etwas mit dem Überfall zu tun hat?« fragte er schließlich.

»Ich kanns mir nicht vorstellen«, antwortete Grave Digger. »Sie haßt ihn.«

»Sie hätte der Polizei einen Tip gegeben, wenn sie etwas davon gewußt hätte«, fügte Coffin Ed hinzu.

»Sie hat versucht, uns einen Hinweis zu geben, aber wir haben ihn nicht verstanden«, gestand Coffin Ed. »Als sie uns nämlich zu Zog Zieglers Männerpuff schickte. Sie vermutete, daß irgend jemand da über die Geschichte Bescheid wüßte und wir es erführen, ohne daß sie selbst es uns sagte.«

»Wir nahmen aber an, daß sie uns einen Tip über Baron gab, und verstanden nicht, was sie eigentlich meinte«, ergänzte Coffin Ed.

»Aber schließlich hat sie euch doch geholfen, ihn zu retten«, sagte Anderson. »Wie erklärt ihr das?«

»Sie wollte ihn nicht diesen Banditen ausgeliefert sehen, die sie niedergeschlagen und ausgeraubt hatten«, antwortete Grave Digger.

»Außerdem kann es sein, daß sie Casper immer noch für einen großen Mann hält«, ergänzte Coffin Ed.

»Er ist ein großer Mann«, sagte Grave Digger, »nach unseren Maßstäben.«

»Ich kann verstehen, daß Casper versuchte, so ein Ding zu drehen«, meinte Anderson nach einer Pause. »Wahrscheinlich kam er nicht einmal auf den Gedanken, daß er irgend jemand schädigte, wenn der Coup ihm gelang. Die einzigen, die dabei zu leiden hatten, waren ein paar Halunken aus einer anderen Stadt. Warum hat sich aber seine Frau auf eine derart billige Betrügerei eingelassen?

Sie ist eine schöne Frau, eine Dame der Gesellschaft. Sie hatte Hunderte von Möglichkeiten, sich zu beschäftigen.«

»Teufel auch, der Grund ist doch ganz offensichtlich«, widersprach Coffin Ed. »Wenn Sie eine Frau wären und einen Mann hätten, der sich mit jungen Burschen abgibt, was täten Sie dann?«

Anderson wurde dunkelrot.

Mehrere Minuten vergingen. Keiner sagte etwas.

»Bei der Stille kann man sein eigenes Hirn rumoren hören«, sagte Coffin Ed.

»Es ist wie beim Waffenstillstand, wenn die Geschütze auf einmal nicht mehr schießen«, bestätigte Anderson.

»Hoffentlich brauchen wir das nicht noch mal mitzumachen«, sagte Grave Digger.

»Worüber ich mir den Kopf zerbreche, ist: Weshalb ging Casper erst in sein Büro, nachdem jetzt doch offenkundig feststeht, daß er das Geld da nicht versteckt hat?« sagte Anderson.

»Das ist die große Frage«, stimmte Coffin Ed zu.

In der gespenstischen Stille dachten sie über dieses Problem nach.

»Vielleicht, um die Pinkertons abzuschütteln, die ihm inzwischen auf der Spur waren? Oder vielleicht auch, um den Banditen eine Falle zu stellen, falls sie noch in der Stadt waren. Es war in jedem Fall eine falsche Fährte.«

»Ja«, stimmte Grave Digger zu. »Uns ist etwas noch nicht aufgegangen.«

»Genauso, wie uns der Tip über Ziegler nicht aufgegangen ist.«

Grave Digger drehte sich um und sah zu Coffin Ed hinüber. »Ja, vielleicht ist uns genau das gleiche nicht aufgegangen.«

»Weißt du, was es ist?« fragte Coffin Ed.

»Ja. Ich bin gerade darauf gekommen.«

»Ich auch. Als ich an die Liga dachte, bin ich drauf gekommen.«

»Hm. Es ist so offensichtlich wie die Nase in deinem Gesicht.«

»Das ist es ja gerade. Es ist so gottverdammt offensichtlich.«

»Wovon redet ihr zwei eigentlich?« fragte Anderson.

»Das erzählen wir Ihnen später mal«, antwortete Coffin Ed.

Es war unmöglich, durch die 134th Street zu fahren.

Grave Digger und Coffin Ed ließen den Plymouth auf der Seventh Avenue stehen, die für die Fernlastwagen frei gehalten wurde, und wateten durch den Schnee, der ihnen bis zu den Knien reichte.

Mister H. Exodus Clay lag auf einer alten, mit verblaßtem grauem Samt bezogenen Couch in dem Raum, den er als Büro benutzte. Das Gesicht hatte er der Wand zugedreht und der Straße mit dem fallenden Schnee den Rücken zugekehrt, aber er schlief nicht. Die Stehlampe mit dem dunklen Schirm, die er ständig am Fenster brennen ließ, gab dem Raum eine gedämpfte, tröstliche Beleuchtung.

Clay war ein kleiner, ausgemergelter Mann mit pergamentartiger Haut, verwaschenen braunen Augen und langem, buschigem grauem Haar. Wie üblich trug er Cut, schwarz- und graugestreifte Hose und altmodische Lackstiefeletten mit hochgeknöpften grauen Wildlederschäften, dazu einen Stehkragen mit umgelegten Ecken und ein schwarzes Plastron, das von einer Krawattennadel mit grauer Perle gehalten wurde. Ein Pincenez, das mit einem langen schwarzen Band am Knopfloch seines Cuts befestigt war, steckte in einer Tasche seiner zweireihigen grauen Weste.

Als Grave Digger und Coffin Ed in sein Büro traten, fragte er, ohne sich zu bewegen: »Bist du das, Marcus?«

»Wir sinds, Ed Johnson und Digger Jones«, antwortete Coffin Ed.

Mister Clay drehte sich um, setzte die Füße auf den Boden und richtete sich auf. Er klemmte das Pincenez auf die Nase und sah die beiden an.

»Macht keinen Schnee auf meinen Fußboden«, quengelte er mit seiner zänkischen Fistelstimme. »Könnt ihr euch nicht draußen abklopfen?«

»Ein bißchen Wasser kann hier nichts schaden«, lispelte Grave Digger.

Mister Clay sah seinen verschwollenen Mund an. »Ha, diesmal hats Ihnen einer besorgt.«

»Man kann nicht immer Glück haben«, antwortete Grave Digger.

»So heiß wie es hier drin ist, machen Sie gerade Mumien«, bemerkte Coffin Ed.

»Ihr seid ja wohl nicht gekommen, um euch über die Hitze bei mir zu beschweren«, sagte Mister Clay bissig.

»Nein, wir sind gekommen, um uns die Effekten eines Toten anzusehen, den Sie hier haben.«

»Welches Toten?«

»Lucius Lambert.«

Mister Clay lehnte rundheraus ab. »Nein, die können Sie nicht sehen.«

»Warum nicht?«

»Casper wünscht, daß sie unangetastet bleiben.«

»Hat Casper die Auslieferung der Leiche beantragt?«

»Ein Verwandter hat den Antrag gestellt, aber Casper kommt für das Begräbnis auf.«

»Das gibt ihm gesetzlich noch keine Rechte«, erklärte Coffin Ed. »Wir beschaffen uns eine Genehmigung von dem Verwandten. Wer ist das?«

»Das brauche ich euch nicht zu sagen«, antwortete Mister Clay, aber es klang nicht überzeugt.

»Stimmt, aber Sie müssen entweder das eine oder das andere tun«, lispelte Grave Digger. »Sie dürfen hier keine Leichen aufbewahren, wenn Sie nicht dazu autorisiert sind.«

»Was wollt ihr mit seinen Effekten?«

»Sie uns nur ansehen. Sie können mitkommen, wenn Sie wollen.«

»Ich will sie nicht mehr sehen. Ich kenne sie schon. Ich schicke Marcus mit euch.« Er hob die Stimme und rief: »Marcus!«

Ein großer hellhäutiger Mann mit hängender Unterlippe, nach der jüngsten Londoner Mode gekleidet, kam in das Büro. Er war der Einbalsamierer.

»Zeig diesen Polizisten Lamberts Effekten«, wies Mister Clay ihn an. »Und paß gut auf, daß sie nichts davon mitnehmen.«

»Sehr wohl, Sir«, antwortete Marcus. Er brachte sie ins Lager im Souterrain. Es lag neben dem Raum, in dem die Leichen einbalsamiert wurden. Dort wurden Kleidungsstücke und Effekten der Toten in kleinen Körben aufbewahrt, bis die Angehörigen sie abholten. Marcus nahm einen der Körbe von einem Regal und stellte ihn auf den Tisch.

»Bedienen Sie sich«, sagte er und verließ den Raum. Unter der Tür drehte er sich um und blinzelte. »Es ist nichts drin, was sich mitzunehmen lohnt. Außer einer Schachtel mit Strümpfen, und die hat der Alte schon entdeckt«, fügte er hinzu.

»Ich hätte darauf gewettet, daß Sie das schon wissen«, sagte Coffin Ed.

Es dauerte nur wenige Augenblicke. Grave Digger schob die Kleidungsstücke beiseite, bis er die Schachtel mit den Strümpfen fand.

Es war eine schwarze, von einem goldenen Streifen umwundene Schachtel, die zwölf Paar Strümpfe aufnehmen konnte. Sie war mit einem winzigen Stück Klebeband verschlossen.

Grave Digger löste das Klebeband und nahm zwei Paar reinseidene Strümpfe aus der Schachtel, die jedes für sich in goldene Cellophanhüllen gepackt waren. Darunter war ein in die gleiche Hülle gepacktes Päckchen. Er legte es auf den Tisch und öffnete es.

»Es konnte nicht anders sein«, sagte er. »Snake Hips war der einzige, dem er es hat zustecken können. Das war uns die ganze Zeit entgangen.«

»Wir hatten es unmittelbar vor der Nase«, stimmte Coffin Ed zu. »So kalt wie es am Samstagabend war, hätte der Bursche niemals halb angezogen auf der Straße getanzt, nur um diesen Dummkopf von Barmann zu reizen. Das hätten wir uns gleich denken können.«

»Und zur Liga gehörte er auch. Casper steckte ihm das Paket zu, als er an ihm vorbeikam.«

»Und warum hat er es hiergelassen? Was meinst du wohl?«

»Hier war es am sichersten. Und wahrscheinlich hat Casper nicht damit gerechnet, daß wir Snake Hips' richtigen Namen Lucius Lambert erfahren.«

»Was machen wir damit?«

»Wir kleben die Schachtel wieder zu, legen sie in den Korb zurück und verlieren weiter kein Wort darüber«, sagte Grave Digger.

»Und das Geld behalten wir?«

»Ganz richtig: Das Geld behalten wir.«

»Casper wird aber wissen, daß wir es haben.«

»Ganz genau wird er das wissen. Und er wird nicht das geringste gegen uns unternehmen können. Das wird ihm verdammt weh tun.

Er wird uns um unseren Job bringen wollen, aber zwei Detektive, die jeder fünfundzwanzigtausend Dollar in der Tasche haben, kann man nicht um ihren Job bringen. Und da wir soviel von ihm wissen, sollte er es besser gar nicht erst versuchen.«

»Ich möchte sein Gesicht sehen, wenn er herkommt, um das Zeug abzuholen«, meinte Coffin Ed nachdenklich.

Zwei Tage später erhielt der Ferienfonds der ›New York Herald Tribün‹, durch den Jungen aller Rassen und Glaubensbekenntnisse im Sommer zur Erholung aufs Land geschickt werden, eine anonyme Barspende in Höhe von fünfzigtausend Dollar. Die Verwalter des Fonds zuckten mit keiner Wimper. An Spenden dieser Art waren sie gewöhnt.

Casper erhielt an dem Tag, an dem er das Krankenhaus verließ, ein anonymes Telegramm. Es lautete:

Verbrechen macht sich nicht bezahlt.

ENDE

NACHWORT

Im April 1841 erschien im »Graham's Magazine« mit »Der Doppelmord in der Rue Morgu« die erste Kriminalgeschichte überhaupt. Ihr Verfasser, Edgar Allan Poe, entwirft in dieser Short Story nicht nur den Prototyp einer Detektivgeschichte, deren Erzähltechnik bis heute adaptiert wird, sondern schafft mit C. Auguste Daupin auch einen Hauptdarsteller, der – alle Zeiten überdauernd – immer noch zum Personal vieler guter Kriminalromane zählt: den exzentrischen Amateurdetektiv. Dupins analytische Fähigkeiten führen schließlich zur spektakulären Auflösung des Falls (es war ein wild gewordener Affe), aber ebenso im Gedächtnis bleibt seine beinahe kulthafte Verehrung der Nacht, ein Motiv, das in anderen Erzählungen Poes noch weitaus mehr Raum einnimmt und das metaphorisch die Abgründe des Menschen und die »Nachtseite der Moderne« aufzeigt.

Dieses Hin- und Hergerissen sein zwischen den Mächten des Hellen und Guten und dem Dunklen und Bösen trieb auch einen seiner größten Förderer um, den Schriftsteller und ersten Übersetzer Edgar Allan Poes: Charles Baudelaire.

Baudelaire, dessen »Les Fleurs du Mal« (»Die Blumen des Bösen«) Mitte des 19. Jahrhunderts die Lyrik in Europa revolutionierte, beschreibt Großstadt in all ihren Facetten und mit ihr den neuen Typus des Großstadtmenschen, ein von Pessimismus und Melancholie bestimmtes und dem Dasein entfremdetes Individuum, das sich im Irrgarten der eigenen Existenz zunehmend ängstigt.

Legt man nun die Erzählmotive dieser beiden Seelenverwandten zusammen, und ergänzt sie um das Bild des *Poète maudit* – dessen Werk sich provokant und selbstzerstörerisch dem Geschmack der Mehrheit entgegenstellt und dessen Leben selbst von Zerrissenheit geprägt ist –, dann lassen sich Romanfiguren denken, die dem von seinen Zeitgenossen als zügellos und lasterhaft beschriebenen Charakter Edgar Allan Poes und jenem des drogen- und alkoholabhängigen Revolutionärs Baudelaire nicht unähnlich sind. Und man erhält das natürliche Habitat des Noir-Protagonisten mit seinem zwischen Nihilismus, Zynismus und Melancholie changierenden Seelenzustand.

Was nun noch fehlt, ist das dazugehörige Klang-Bild, um die dunkle Spielart des Kriminalromans vollends zum Leben zu erwecken.

»Der Doppelmord in der Rue Morgue« wurde 1932 verfilmt. Für die Bilder war Karl Freund verantwortlich, einer der bedeutendsten Kameramänner des expressionistischen Stummfilms in Deutschland, Erfinder der entfesselten Kamera und der scharfen Hell-Dunkel-Kontraste, der mit Filmen wie »Der letzte Mann«, »Metropolis« oder »Berlin – Die Sinfonie der Großstadt« Meisterwerke der Filmkunst geschaffen hat.

Ohne ihn und Regisseure wie Fritz Lang, Billy Wilder oder Max Ophüls, um nur einige zu nennen, wäre der Film Noir, so wie wir ihn heute kennen, undenkbar. Im Hollywood der frühen 1940er Jahre waren es vor allem europäische Filmemacher, die die visuellen und thematischen Grundlagen für den Film Noir legten. Aber die wirklich großen Stoffe lieferte die amerikanische Hardboiled-Kriminalliteratur.

Dashiell Hammetts »The Maltese Falcon« (»Der Malteser Falke«) bot die Vorlage für John Hustons »Die Spur des Falken«, und auch die meisten Romane von Raymond Chandler, dem Schöpfer von Privatdetektiv Philip Marlowe, wurden verfilmt, ebenso wie die Werke von Cornell Woolrich (»Das Fenster zum Hof«) oder James M. Cain.

Dies war der Beginn eines überaus regen Austauschs von Gedanken und Ideen über Kontinente hinweg, der nicht nur den Film oder die Literatur betraf, sondern auch die Philosophie, die Musik, die Bildende Kunst.

Der französische Verlag Gallimard verlegte ab 1945 mit der *Série noire* die wichtigsten Hardboiled-Autoren in französischer Sprache, und die Filmregisseure Pierre Chenal und Luchino Visconti adaptierten unabhängig voneinander James M. Cains »The Postman Always Rings Twice« (»Wenn der Postmann zweimal klingelt«). Die Nouvelle Vague, der italienische Neorealismus oder die vom Existenzialismus beeinflussten Filme von Jean-Luc Godard, François Truffaut oder Claude Chabrol, alle profitierten sie von dieser neuen Art des Erzählens und auf faszinierende Weise verschmolzen Hoch- und Populärkultur sowohl in Amerika als auch in Europa.

Und um den Begriff des Klang-Bilds endlich näher zu erläutern: Während sich die europäischen Existenzialisten in Harlem herumtrieben, um die Schwarze Clubkultur und Musik zu entdecken, feierte Miles Davis in Paris Triumphe.

Jazz und Noir, das gehört unbedingt zusammen – legendär sind Miles Davis' Soundtrack zu Louis Malles »Ascenseur pour l'échafaud« (»Fahrstuhl zum Schafott«) oder Martial Solals großartige Filmmusik zu »À bout de souffle« (»Außer Atem«) von Godard, in der sich die Musik auf so unvergleichliche Weise mit den Alltagsgeräuschen von Paris verbinden. Aber »Crime-Jazz« ist nur einer der zum Noir passenden Musikstile, Rock-, Blues-,

Country- oder Rap-Musik sind ebenso stilbildend und liefern den Sound für viele der Neo- und Country-Noir-Filme der Gegenwart. Unverändert inspirieren sich unterschiedliche Kunstgattungen und Kulturen gegenseitig und die Anfänge des Noirs fungierten, das darf man wohl sagen, als Katalysator.

Das bildet auch die vorliegende Auswahl ab. Sie stellt nicht die wichtigsten und bekanntesten Werke des Krimi-Noir zusammen, denn die sind alle hinreichend gelesen und rezipiert. Vielmehr folgt sie der eben beschriebenen Spur, stellt Verbindungen zwischen dem amerikanischen und europäischen Noir her und versammelt herausragende Romane aus beiden Kontinenten. Beginnend mit James M. Cains letztem und lange verschollenen Roman »Abserviert«, führt sie in das Harlem der frühen 1960er Jahre, stellt mit Ulf Miehes »Puma« einen der wenigen deutschsprachigen Noir-Romane vor und besucht Fabio Montale, einen kleinen Polizisten mit Hang zum guten Essen, in Marseille. Massimo Carlottos »Die dunkle Unermesslichkeit des Todes« ist ebenso beklemmend und grandios, wie der Titel es vermuten lässt, und mit Charles Willeford, Jim Nisbet und Nic Pizzolatto wird die ganze Bandbreite des amerikanischen Noir erlebbar.

Die ausgewählten acht Titel sind – wie es sich gehört – voller zwielichtiger Gestalten, dunkler Ecken und trauriger Helden. »Der Krimi«, so hat es James Ellroy mal ausgedrückt, »ist ein Filter für das negative Potenzial, das man in sich trägt.« Noir aber ist mehr. Als Leser kann man sich mal auf diese, mal auf jene Seite schlagen und insgeheim die Untiefen der eigenen Persönlichkeit ausloten. Und nicht selten zerfließt die widersprüchliche Weltanschauung des Helden mit der eigenen. Was entweder Entsetzen oder wohlige Schauer auslöst.

Peter Graf

Chester Himes, geboren 1909 in Missouri, hat die Kriminalliteratur radikalisiert und literarisch endgültig emanzipiert. In seiner Jugend verbrachte er einige Jahre im Gefängnis. Aus dieser Zeit stammen seine ersten Veröffentlichungen. 1953 emigrierte er nach Frankreich, wo er Bekanntschaft mit Richard Wright und James Baldwin machte und sich literarisch etablierte. Chester Himes starb 1984 in seiner zweiten Wahlheimat Spanien.

Lizenzausgabe der Süddeutsche Zeitung GmbH, München,
für die Süddeutsche Zeitung Edition 2016

Chester Himes
Harlem dreht durch
Die Originalausgabe erschien 1960 unter dem Titel »All Shot Up«
bei Avon Book Division/The Hearst Corporation

Die Deutsche Erstausgabe erschien 1967 unter dem Titel: »Rauhnacht in Harlem«
bei Ullstein
Verwendete Ausgabe: »Harlem dreht durch«, Reinbek bei Hamburg: Rowohlt,
1976

Aus dem Amerikanischen von Wilm W. Elwenspoek

Herausgeber: Peter Graf | WALDE+GRAF Verlagsagentur und Verlag GmbH
walde-graf.de
Projektmanagement: Till Brömer
Gestaltung und Layout: studio stg, studio-stg.com
Druck- und Bindearbeiten: CPI books GmbH, Ebner & Spiegel Ulm

Printed in Germany
ISBN: 978-3-86497-355-0